〔小学1—2年级〕

# 冰淇淋大游行

杜霞 李玉华 武传君 主编

最佳
新思维
儿童文学读本

济南出版社

图书在版编目（CIP）数据

冰淇淋大游行／李玉华，武传君主编．
—济南：济南出版社，2013.12（2014.2 重印）
（最佳新思维儿童文学读本／杜霞主编）
ISBN 978-7-5488-1084-1

Ⅰ.①冰… Ⅱ.①李… ②武… Ⅲ.儿童故事—作品集—世界 Ⅳ.①I18

中国版本图书馆 CIP 数据核字（2013）第 266580 号

## 最佳新思维儿童文学读本
### 冰淇淋大游行

| | |
|---|---|
| 丛书策划 | 郭　锐 |
| 责任编辑 | 丁洪玉 |
| 装帧设计 | 侯文英 |
| 封面绘画 | 红　岩 |
| 内文插图 | 红　岩 |
| 出版发行 | 济南出版社 |
| 地　　址 | 山东省济南市二环南路 1 号（250002） |
| 电　　话 | (0531)86131730　　86131735 |
| 网　　址 | www.jnpub.com |
| 经　　销 | 各地新华书店 |
| 印　　刷 | 山东省东营市新华印刷厂 |
| 版　　次 | 2013 年 12 月第 1 版 |
| 印　　次 | 2014 年 2 月第 2 次印刷 |
| 开　　本 | 880×1230　1/32 |
| 印　　张 | 7.75 |
| 字　　数 | 150 千字 |
| 定　　价 | 22.00 元 |

法律维权　0531-82600329
（济南版图书，如有印装错误，可随时调换）

# 让阅读启迪思维

杜 霞

创造了《第56号教室的奇迹》的"全美最佳教师"雷夫，曾这样阐述阅读的重要价值和作用："我要我的学生爱上阅读。阅读不是一门科目，它是生活的基石，是所有和世界接轨的人们乐此不疲的一项活动。如果要让孩子在长大后成为与众不同的人——能考虑他人观点、心胸开阔、拥有和他人讨论伟大想法的能力——那么，阅读是一个必要的基础。"

阅读，是生活的基石，更是思想成长、思维发展的动力和源泉。"问渠那得清如许？为有源头活水来。"心灵的澄明、思想的清新、思维的活跃，都需要时时补充新知，都需要不断从书籍中汲取智慧和力量。

叶圣陶先生曾说:"语文课的主要任务是训练思维,训练语言。"高中语文新课标对写作的明确要求是"在表达实践中发展形象思维和逻辑思维,发展创造性思维",正式将"发展思维"确定为课程评价的维度和全面提高学生语文素养的标准。而思维品质的提升,无疑需要我们及早抓起,需要我们有意识地在语言的训练中引入"思维的体操",引导孩子通过拓展阅读视野,融汇旧学新知,克服思维定势,开放思维空间,循序渐进地培养思维的灵活性和创造性。

"读书破万卷,下笔如有神。"阅读带来思维的提升,而思维的提升则会激发创作的欲望和热情,促进语言表达能力的提高。阅读,是语言素材的积累,也是语言规律的习得。关于阅读与写作的关系,学者张中行先生曾有过精辟的论述:其一,"多读,熟了,笔未着纸,可用的多种表达方式早已蜂拥而至,你自然可以随手拈来,不费思索就顺理成章";其二,"进一步,多读,熟悉各种表达方式,领会不同笔调的短长轻重,融会贯通,还可以推陈出新,把意思表达得更圆通,更生动";其三,"吸收思想,包括各种知识";其四,学"思路",即条理,"既有内容可写,又熟悉如何表达,作文的困难自然就没有了"。所以,要真正解决小学阶段普遍存在的作文难、怕作文的问题,我们还是需要抓住根本,从阅读积累和思维拓展入手,激发写作的内部驱力,在广博的阅读中寻找到写作新的生长点。

因此,我们推出这套《最佳新思维儿童文学读本》,不是一味追求技巧、求新求怪,而是力图冲破长久以来语文教学的僵化和保守,关注语文教育的真实需求,让孩子们通过阅读这些文质兼美的文字,与文本展开丰富的对话与交流,在不断的积累和借鉴中,拓宽视域、激活想象,进而提升思维品质,促进表达能力和写作能力的提高。无论是故事和寓言中传达的经验和智慧,还是童话里展示的奇幻之旅;无论是散文中的"小中见大,平中见奇",还是小说里的"意料之外,情理之中"……都力求通过创设情境,从不同的层面和维度培养孩子们的形象思维、辩证思维、发散思维、逆向思维等,使阅读的

过程也成为一个思维训练的过程,在与优秀文字的不断亲和中,激发创造性思维,奠定成功人生的基石。

如果真的有天堂,那么一定是图书馆的模样——这不仅仅是大作家博尔赫斯的美好心愿,更是所有爱读书的人的共同看法。阅读好的图书,就是一次次与神性和美丽相遇的过程。让这些有魔力的文字,冲破我们的思维定式,点燃灵感的火花,放飞想象的翅膀。让思想在阅读中日渐丰厚,让精神在阅读中日渐丰美,让生命在阅读中绽放最绚烂的花朵!

2013 年 10 月于北师大

## 儿童眼中的世界

3　马车走在大路上 / 黄衣青 著
11　大海的尽头在哪里 / [苏联] 安德烈·乌萨丘夫 著
　　　　　　　　　　　　　　　古本昆 译
15　我看见了什么 / [美国] 苏斯博士 著　任溶溶 译
19　阿罗有支彩色笔 / [美国] 克罗格特·约翰逊 著　孙晓娜 译

## 最爱奇思妙想

27　淘气的鞋 / [荷兰] 比盖尔 著　宋兴蕴 译
35　小树做梦 / 稆鸿 著
41　螃蟹的生意 / [日本] 新美南吉 著　周龙梅 彭懿 译
46　会变颜色的小花猫 / 安伟邦 著

## 那些爱绕弯子的趣事

57　明锣移山 / [美国] 阿诺·罗北儿 著　杨茂秀 译
67　冰淇淋大游行 / [美国] 鲍登 著　陈苏 译

74 红蜡烛 /［日本］新美南吉 著　周龙梅 彭懿 译

79 战无不胜的猴子 / 中国民间故事

## 童心风景线

85 月亮生病了 / 鲁冰 著

89 你睡不着吗，小熊 /［爱尔兰］马丁·韦德尔 著　潘人木 译

95 学校真有意思 /［日本］鹿岛和夫 著

99 小象的大便 /［日本］角野荣子 著　张慧荣 译

## 那些不让人讨厌的小聪明

107 列那狐偷鱼 /［法国］阿希·季浩 著　严大椿 译

117 聪明的乌龟 / 鲁兵 著

122 老狼拔牙 / 包蕾 著

128 侬秀姑娘 / 中国民间故事

## 美丽的神话

137 开天辟地 / 中国神话传说

142 女娲补天 / 中国神话传说

144 普罗米修斯的传说 / 古希腊神话

152 诺亚方舟的故事 /《圣经·创世纪》

## 直面困难与逆境

159 玛莎和大黑熊 / 俄罗斯民间故事

167 狮子狐狸和狼分肉 / 佚名 著

169 聪明的兔子 /［美国］乔埃尔·钱德莱·哈里斯 著

179 狼和小山羊 / 佚名 著

## 活到现在的"从前"故事

187 神鸟／中国民间故事
193 皇帝长着兔耳朵／佚名 著
198 猫和老鼠／中国民间故事
207 胆小鬼／[苏联] 阿尔丘霍娃 著　江礼海 译

## 做动物的朋友吧

215 欢迎归来，旅行者／[美国] 乔治·库奇 著　王贤 译
222 小土匪鬼脸／[美国] 阿诺·本杰森 著　文嘉 译
228 和马在一起的日子／[美国] 杰克·理查德 著　王贤 译

# 儿童眼中的世界

**在**我们的眼中,世界是美丽的,春天到,桃花就会开;在我们的眼中,世界是简单的,该哭就哭,该笑就笑,无需伪装;在我们的眼中,世界是一个童话。一支笔、一幅画、一个玩具……都可以创造美,让我们一起走进这个世界,共同领略生命中最美丽的景色。

# 马车走在大路上

黄衣青 著

叔叔送给小真一辆马头三轮车,后面拖着一个车厢,车厢里有两个座位。

小真在马脖子上拴了个铃铛,在自己的腰里别了一支小手枪。"得儿——吁——"他骑着车子出去旅行了。

小真一边踏着车子,一边喊:"谁要坐马车,就请快快来!快快来啊,快快来!"

马车走在大路上,铃儿叮当叮当响。

一只小麻雀在树枝上跳来跳去。

小真对小麻雀说:"来吧,来坐我的小马车!"

小麻雀嘟的一下飞进车厢,坐在座位上。

马车走在大路上,铃儿叮当叮当响。

一只小黄狗在路边汪汪叫。

小真对小黄狗说:"来吧,来坐我的小马车!"

小黄狗呼的一下跳进车厢,坐在座位上。

小真一边踏着车子,一边问小

麻雀和小黄狗:"坐马车好玩吗?"咦,它们为什么不说话呀?小真回头一看,小麻雀飞走了,小黄狗跑掉了。可不是,小黄狗追着小麻雀,想吃掉它呢!小真赶快拔出小手枪,朝着小黄狗砰的开了一枪,小黄狗吓得躲到草丛里去了。

马车走在大路上,铃儿叮当叮当响。

一只小青蛙吧嗒吧嗒跳过来,小真对它说:"来吧,来坐我的小马车!"

小青蛙跳了好几次,才跳进车厢,坐在座位上。

马车走在大路上,铃儿叮当叮当响。

一只小老鹰在头顶飞过来,飞过去。小真对它说:"来吧,来坐我的小马车!"

小老鹰呼地扑下来,刚进小马车,小青蛙吓得一个跟头栽下车,三蹦两跳,逃到稻田里去了。小老鹰追过去,想抓小青蛙吃。小真生气了,拔出小手枪,对准小老鹰砰的开了一枪,小老鹰飞走了。

马车走在大路上,铃儿叮当叮当响。

一只小老鼠窜出来,瞅着小

真吱吱吱叫。小真对它说:"来吧,来坐我的小马车!"

小老鼠爬上小马车,坐在座位上。

马车走在大路上,铃儿叮当叮当响。

一只小花猫躺在一边睡懒觉。小真大声说:"来吧,来坐我的小马车!"

小花猫跳上小马车,小老鼠吓得连滚带爬下了车,连忙往洞里逃,小花猫快追上它了。小真看见了,拔出小手枪,向小花猫砰的开了一枪,小花猫猛地一跳,跳到屋顶上去了。

马车走在大路上，铃儿叮当叮当响。

一只小鸭子，在小河里嘎嘎叫。小真对它说："来吧，来坐我的小马车！"

小鸭子上了岸，可上不了车，小真把它捧上车，让它坐在位子上。

马车走在大路上，铃儿叮当叮当响。

一只小狐狸，从山坡上奔下来，朝车厢里瞧啊瞧。小真对它说："来吧，来坐我的小马车！"

狐狸钻进车厢里，小鸭子吓得嘎嘎叫，拍着小翅膀。小真连忙拔出小手枪,朝小狐狸砰的开一枪,小狐狸逃进树林里去了。小鸭子也不敢再坐马车了,小真让它回到小河里去了。

马车走在大路上,铃儿叮当叮当响。

一只小鸽子飞过来,小真对它说:"来吧,来坐我的小马车!"

小鸽子飞进车厢里,坐了下来。

马车走在大路上,铃儿叮当叮当响。

一只熊猫,从竹林子里跑出来,小真对它说:"来吧,来坐我的小马车!"

熊猫和小鸽子,一起坐在座位

冰淇淋大游行

上，它们不吵也不闹，不叫也不嚷。小鸽子咕咕咕地唱着歌，熊猫在一边拍巴掌。

小马车回家了，叮当叮当，叮当叮当……

小真跳下车，拿来一把菜叶子，一边摸着马头一边说："我的小马，你累了，你饿了。菜叶子嫩，吃吧，快吃吧！"

其实啊，小马车哪儿也没去，只在屋子里兜来又兜去。上面说的，都是小真自己想出来的童话。

# 大海的尽头在哪里

[苏联] 安德烈·乌萨丘夫 著　古本昆 译

一只蚂蚁爬到海岸边，望着一个接一个的海浪涌到岸上，不禁忧愁起来："海这么大，而我这么小，我一辈子也不能看见大海的尽头……我还活在世上干什么呢？"

蚂蚁在一棵棕榈树下坐下，哭了起来，他感到这般委屈。

这时，一只大象来到岸边，问道："蚂蚁，你哭什么？"

"大海的尽头看不见。"蚂蚁呜呜

哽咽道，"大象，你个子大，或许能看得见吧？"

大象开始张望。他看啊，看啊，甚至踮起脚看，但除了海水，仍然什么也看不见。大象在蚂蚁旁边坐下来，也哭了起来。

他们哭啊，哭啊……突然，蚂蚁说："听着，大象，你爬上棕榈树，我爬到你身上，我们再看看！"

蚂蚁爬到大象身上，大象则爬到棕榈树上。

他们看啊，看啊，除了海水，照样什么也没看见。于是，他们坐在棕榈树上又哭了。

儿童眼中的世界

这时一条金枪鱼游到岸边。

"喂!"他喊道,"不在岸上好好待着,哭什么啊?"

"大海的尽头看不见。"蚂蚁和大象异口同声地说。

"怎么?"金枪鱼感到奇怪,"这里难道不是大海的尽头吗?"

"对呀!"蚂蚁兴高采烈地叫着,"呵呵,大象!我们见到大海的尽头啦!"

"呵呵……"大象高兴地欢呼起来,并开始从树上下来,但他突然顺便考虑了一下,问,"那么,大海的开头又在哪里呢?"

# 我看见了什么

[美国] 苏斯博士 著　任溶溶 译

一个男孩子每天上学前,他的爸爸总要叮嘱他别忘了观察。可是,每当他对爸爸说他在路上看到了什么时,他的爸爸总是非常生气,因为他告诉爸爸的都是奇奇怪怪的事情,比如:他看到一条小鱼变成了一条巨大的鲸鱼……

今天,男孩子走在路上,他又在想:我该对爸爸说些什么呢?

他一路走,一路看,除了自己的一

双脚，只看到了一匹马在拉车。这有什么好讲的呢？还是开动脑筋吧。

这匹马不是一匹普通的马，而是一匹斑马。这个开头不错，一匹斑马在拉车，像个真正的故事。

可是，这样棒的一匹马，总不应该拉一辆大车吧？对，应该拉一辆金光闪闪的战车，轰隆隆地驶过桑葚街。

不好，这下子斑马显得太小了，还是改成驯鹿吧。它跑起来又快，而且看起来一定非常漂亮。

等一等，有轮子的车和驯鹿不太配。那么就把战车换成一辆漂亮的雪橇吧。让我想想，驯鹿拉雪橇，这个主意太平常了，谁都能想得出来。

我还是挑一头蓝颜色的大象吧！上面还坐着一位神气的王公。这样子，没有人能超过我了。

不过，好像大象拉的车太轻飘飘了。对，车上加一支铜管大乐队！

可是，乐队演奏总要有人听啊，我再添上一辆拖车，车上坐一个人。大象会不会拉不动啊？那就再加两个长颈鹿帮手。

还有一件事，这么大的车路过街口怎么办？那就拜托警察来开道吧！

哈哈，市长也来了，市政委员们也来了！哇，飞机也从空中飞过来，不断地撒着糖果！

这是一次盛大的游行！里面还有一个中国人、一个大魔术家、一个长胡子老头……哎，没时间了。到家了。

男孩子现在坐在爸爸面前。"你看到了什么？"爸爸严肃地问。

从哪儿说起呢？如果把刚才的故事讲给他听肯定是要挨骂的。于是，男孩子只好红着脸，轻轻地说：

"在桑葚街，我看到了一匹马拉着一辆车。"

# 阿罗有支彩色笔

[美国] 克罗格特·约翰逊 著　孙晓娜 译

这一天晚上,阿罗想了想,决定到月光下走一走。天上没有月亮,地上没有月光。要想在月光下走一走,就要先有一个月亮。于是,阿罗画了半个月亮。

还要有个地方,可以在上面走。于是,阿罗画了一条又长又直的路,走在上面不会迷路。

但是,老走在大路上好像没什么意思。于是,阿罗画条小路走走。小路向右拐，阿罗猜想是一片树林。他可不想在树林里迷路，于是就把树林画得很小很小——小得只有一棵树。一棵什么树？画棵苹果树吧，上面结满了红红的苹果。对了，再画一条吓人的龙，让它看守苹果。啊，这条龙实在太吓人了！连阿罗自己也吓得直往后退，手不停地抖。

糟糕，抖抖手画出了大海，阿罗掉进了海里。赶紧画一条船，阿罗爬上去。船儿走啊走，走得太久了，那就画一块陆地吧！阿罗上了岸，肚子饿了，那就画九个水果派。吃不完怎么办？阿罗画一只麋鹿和一只刺猬,帮他把水果派吃完。他继续往前走,想找一座小山,爬上去看看自己究竟到了哪里。阿罗想:爬得越高,看得越远。他决定把小山变成一座高山。

阿罗就画呀画、爬呀爬,画呀画、爬呀爬……哎哟,他忘了画山的那一边,他从高高的空中一直往下掉。快,赶紧画个大气球,还有一个大篮子。这下子,可以好好找阿罗的家了。

于是,阿罗又画了一间有许多窗户的房子。可是,这么多的窗户,却没有一个是他家的窗户。他想啊想,家里的窗户到底在哪里?

他又建起了一座大楼，楼上满满的都是窗户。他建了一座又一座大楼，楼上满满的都是窗户。他建成了一座城市，城市里也满满的都是窗户。可是，还是没有一个窗户是他家的。他决定画个警察问问。警察的手指着阿罗想去的路。突然，阿罗想起来了：他卧室的窗户上，有半个月亮。

于是，他画个窗子框住月亮。这下子，阿罗可以铺床睡觉了。他爬上了床，盖上了被子。彩色笔掉在地板上，阿罗要安安静静地睡一觉。

 **牵手阅读**

本单元的文章是不是很有趣？《我看见了什么》中的小男孩，想象力太丰富了，由斑马想到驯鹿，由驯鹿想到蓝色的大象……可是，由于怕挨骂，他只好红着脸，轻轻地说："在桑葚街，我看到了一匹马拉着一辆车。"这样的结局，是我们不愿意看到的，但却实实在在发生在我们身边。《马车走在大路上》带着我们一起去欣赏了小真的童话世界，并且告诉了我们一个道理：要和谐相处。《大海的尽头在哪里》告诉我们：有些事情，如果换个角度去思

考，跳出圆圈去看问题，也许会得出不同的答案，甚至会收到意想不到的惊喜。阿罗拿着他神奇的彩笔，挥动着想象的翅膀，向我们展示了一个丰富多彩的世界，这个世界随遇而生，充满着童真童趣。月亮虽然是半个，但是结局却非常圆满，首尾呼应。多读书，一定会有很多收获哟！

## 最爱奇思妙想

列宁说过，幻想是极其可贵的品质。试想一下，没有想象的生活将会是多么枯燥乏味啊！许多优秀的作家脑海里就充满了奇思妙想，他们创作出了一个个生动有趣的故事。现在，就让我们一起走进《淘气的鞋》、《小树做梦》、《螃蟹的生意》和《会变颜色的小花猫》，感受一下一向循规蹈矩的鞋子离开了主人的指挥会制造出什么乱子，向往自由的小树做了一个怎样的梦，螃蟹为什么天天带着一副大剪刀，不听话的小花猫又弄出了哪些笑话……赶快打开书本，享受读书的乐趣吧！

## 淘气的鞋

[荷兰] 比盖尔 著  宋兴蕴 译

你晚上穿着鞋睡觉吗?当然不,你把鞋子脱下来,放在椅子下面或床下面。大人们也都是这样做的。那么,你想想看,在这又长又黑的夜晚,会有多少万双鞋子站在床下或者椅子下,而它们的主人却躺在床上蒙头大睡啊!

鞋子也睡觉吗?不睡,鞋子永远不会疲倦。不信,你听:

有一天晚上,我爸爸左脚的鞋对右脚的鞋说:"我对跟着爸爸到处走烦透了。一天到晚他想到哪儿,我就得跟到哪儿——从这儿到那儿,从楼上到楼下,从屋里到屋外。唉!这回我要自己走,我要自己决定走哪条道。"

"我跟你一起去。"右脚的鞋连忙说。

它们俩从敞开的窗户爬了出去,来到漆黑的街上。邻居家夫妇的鞋听到动静,也走了出来。它们的邻居的鞋也跟着一起出来,邻居的邻居的鞋也加入进来,所有的鞋都聚集在了街上。

队伍很快扩大到足以举行游行了。高跟鞋咯噔、咯噔,大皮鞋咔咔、咔咔,胶鞋嚓嚓、嚓嚓……鞋,鞋,鞋,越来越多——旧的、新的、锃亮的、磨破的、棕色的、黑色的、大的、小的……它们走啊,跑啊,跳啊,统

统一反常态，因为这是自由大游行，它们的主人的脚都还在床上歇着呢。

"左右找对儿!"有谁在叫，"用鞋带相互拴好。"

可是，奶奶的左脚鞋找不到右脚鞋，没有鞋带的鞋更没办法相互拴到一块儿。

"你在哪儿？你在哪儿？"询问声在黑暗中回响。

"我在这儿，我在这儿!"回答声从周围响起来。

到底谁和谁是一对？左脚的找右脚的，右脚的找左脚的，街上一片大乱。

"别找了！"有只鞋大喊，"从现在起，每只鞋各自独立，我们用不着配对了。"

队伍又向前走去。单只的左脚鞋旁边走着没配对的右脚鞋。噼里啪啦，高贵、铮亮的皮革争先恐后地踏过水洼，而那些又破又脏的旧鞋则踮起鞋尖，小心翼翼地绕开泥地。老人的鞋又蹦又跳，孩子的鞋却迈着迟缓而稳重的步子。这些鞋这会儿终于成为自己的主人了。这段时间真是太好了，太棒了，太来劲了！

然而，快乐终究要结束的。太阳露出脸来，金色的光线驱走了黑暗。

"我们必须回去了!我们得在人们起床之前赶回家里呀!"鞋们吵嚷着……快乐的游行变成了惊恐万状的混乱。

大多数鞋都迷了路,不知家在何方。太阳升高时,它们还在街道上跌跌撞撞地走着,咯噔、咯噔,咔咔、咔咔,嚓嚓、嚓嚓,噗噗、噗噗……靴子踩着了拖鞋,球鞋绊到了自己的鞋带,鞋头撞上了鞋头,鞋跟踏着了鞋尖……

太阳越升越高。

"快,快呀!我们要来不及了,快进屋里去!"

许多鞋爬进自己所能看到的第一扇窗户,把自己安顿在所能找到的第一张床下。两只男人的左脚鞋在奶奶的床下找到了位置,两只水靴来到了只有两岁的卡罗琳的床下面。我爸爸起床后在床下发现了一只女人穿的浅口无带皮鞋和一只蓝色的旅游鞋,一只左脚拖鞋,还有一只男孩子的右脚鞋。

"这到底……"我爸爸说。

"这到底……"全镇的人起床后都这么说。

那天早晨,人们只好一拐一拐地走着去上班、上学,因为他们的鞋都不合脚,不是大就是小,要不

就都是右脚鞋,或全都是左脚鞋。咯噗、咔嚓、嚓噔……奶奶在家里穿着袜子做事,而卡罗琳干脆光着脚丫。

人们相互问:"我的鞋在哪儿?谁穿了我的鞋?"大家相互查看对方的脚,不时听到有人喊"啊,我的棕色左脚鞋在那儿呢",或者"哟嗬!你穿的是我的红凉鞋"……渐渐地,人们都准确无误地找回了自己的鞋。

只有我爸爸比别人花的工夫长一些,因为他的左脚鞋爬到了一棵树上,三天以后才被风刮到了地面。

## 小树做梦

稆鸿 著

有棵小树,树枝上长着碧绿的树叶,在太阳光里安安静静地站着。它本来是很快活的,整天跟风逗着玩,沙沙地唱着歌,可是,今天它挺不高兴。

事情是这样的:有一只大白兔和一只小鹿跑到它跟前,它们又蹦又跳,玩得很高兴,后来又比赛谁跑得快,一眨眼就跑得很远很远,没影了。

小树心里很羡慕,也想蹦蹦跳跳,也想跟它们一起赛跑,可是它没有办法,因为它的根埋在泥土里。

"我干吗要长根啊?真讨厌!"这棵小树气呼呼地嚷着,"真倒霉!有了根,就不能跟大白兔和小鹿它们一起跳、一起跑啦!"

站在小树旁边的一棵大树听了,忍不住说:"小树啊,你说些什么呀?咱们树能没有根吗?孩子,你还是安安静静地待着吧,别胡思乱想了。"

"别说了,别说了!"小树的气更大了,它想像人发脾气的时候那样跺跺脚,可是它没有脚,只好摆了摆腰。

大树见它这样没礼貌,只好叹口气,不说话了。

"我才不稀罕自己的根呢,要是换上四条腿就好了。"小树闷闷不乐地说着,想着,就渐渐地睡着了。

猛然,它用力一跳,从泥土里跳了出来。它往下一看:好啊,树根真的变成四条腿了!

现在它可高兴啦!它能跳,也能跑,跑跑跳跳来到一条小河边。啊!大白兔、小鹿,还有许多别的小动物,在这儿跳舞哪!

"小树,小树,你怎么跑到这儿

来了？"小动物们都觉得奇怪。

"你们瞧，我的根变成腿了。"小树一边说，一边把腿抬得高高的。

"真好，真好！快来跳舞吧！"小树就跟小动物们一起跳起舞来了。

太阳暖烘烘的，小树跳着，跳着，不停地出着汗——小树怎么会出汗呢？原来是这样的：它的叶子上有许多小孔，身上的水变成水汽，从这些小孔里跑走了。这样，小树就觉得口渴了，越来越渴。

小鹿们也很口渴，就跑到小河

边喝水去了。小树跟着它们来到小河边,可是小树没有嘴,怎么喝水呀?本来它用根吸泥土里的水,但是现在它没有根了,它的根变成腿了。腿怎么能喝水呢?

"怎么办啊!"小树急得要命,就哭起来了,"我渴死了,我渴死了!还是有根好,还是让我的根埋到泥土里去吧!"

它一面哭,一面往回走,走到它原来站着的地方,不小心一头撞在大树的身上。

"小树,你哭什么呀?"大树问它。

听到大树说话的声音,小树

才醒过来，啊，刚才是在做梦呢。还好，还好，它的根没有变成腿，还是深深地埋在泥土里。

"小树，我看你是渴了吧？"大树弯下腰来，对它说，"你渴了，那你快用根吸水呀。"

"谢谢你，大树婶婶，我是很渴。"说着，小树就用自己的根，咕咕咕地吸着泥土里的水，这水里还有很多养料呢。小树每天喝着这样的水，就慢慢地长大了。

# 螃蟹的生意

[日本] 新美南吉 著　周龙梅　彭懿 译

螃蟹左思右想，最后还是决定开一家理发店。其实，螃蟹能够想到这一点，已经是很不容易了。

不过，螃蟹想：理发店的生意怎么这么冷清呢？

为什么这么说？因为一位顾客也没来。

于是，螃蟹理发师便拿着剪刀，来到了海边。

章鱼正在那里睡午觉。

"喂,章鱼小弟。"螃蟹叫道。

章鱼睁开眼睛,说:"什么事?"

"我是理发的,你要不要理发?"

"你好好看看吧,我头上有毛吗?"

螃蟹仔细看了看章鱼的头,果然一根头发也没有,光秃秃的。就算螃蟹理发的手艺再高,面对一个没有头发的光头,也是有劲没处使啊。

于是,螃蟹又跑到了山里。狸子正在山里睡午觉。

"喂,狸子大哥。"

狸子醒来说:"什么事?"

"我是理发的,你要不要理发?"

狸子是一种喜欢恶作剧的动物,于是就想出了一个馊主意。

"好啊,就请你理一个吧。不过,你得答应我一件事,就是给我理完之后,你还得帮我爸爸也剪个头。"

"好的,这很容易。"

终于到了螃蟹大显身手的时候了。

咔嚓,咔嚓,咔嚓……

螃蟹是个小个子,狸子比它大多了,加上狸子浑身上下都是毛,所以螃蟹剪得很慢。螃蟹嘴里吐着泡泡,拼命地剪,足足用了三天的时间,才终于完成了任务。

"说好了的,给我爸爸也剪个头!"

"你爸爸有多高啊?"

"有那座山那么高吧。"

螃蟹不知所措了。它想,如果那么高大的话,光靠自己一个是不行的。

于是，螃蟹就让自己的孩子们也都做了理发师。岂止儿子啊，连孙子和曾孙们，以及未出生的小螃蟹，也都成了理发师。

不信你看，哪怕是我们在路边见到的小螃蟹，也都带着一把剪刀呢。

## 会变颜色的小花猫

安伟邦 著

小花猫,真漂亮,圆圆的眼睛,长长的尾巴,胡子一翘一翘的,耳朵一动一动的,一身带黄花的白茸毛。

妈妈特别喜欢小花猫,可小花猫一点也不乖。他不听妈妈的话,爱在地上打滚,爱在草上翻跟头,老把漂亮的身子弄得脏脏的。妈妈整天用舌头给他舔啊,舔啊,总是舔不干净。

有一天,小花猫到院子里去玩。他看见墙边有一个高高的圆铁桶。小花猫看一看,闻一闻,不知道这是什么东西。他使劲一跳,跳到桶顶边上,往下一瞧,哟,是一桶绿颜色的油漆!

小花猫想:绿颜色多好看啊,比我的花衣服还好看,我要穿绿颜色的衣服!

绿油漆能不能染衣服,小花猫可不管。他紧闭眼睛,扑通,跳进去了。"呜——呜——"他声音叫不出来,气也喘不过来啦。他拼命乱抓,忽然抓住了桶边,这才慢慢爬了出来。

小花猫跳下油漆桶，哎呀，鼻子塞住啦，他赶紧擤擤鼻孔。哎呀，耳朵也堵住啦，他赶紧挖挖耳朵。

小花猫就这样变成了小绿猫，只有眼睛还是亮亮的。

小绿猫看见自己身上绿绿的，有点害怕，怕妈妈说他，就到黄泥土地上去打滚，想把绿油漆弄下来。没想到油漆可黏了，他这一打滚，全身沾上了土，小绿猫变成了小黄猫。

小黄猫一边走一边想：回家去，妈妈会不会生气呢？走着，走着，他看见有一段很长的旧烟筒，躺在台阶下边，烟筒里面黑呼呼的。小花猫站住了,看一看:"这多像火车钻的山洞啊,我也要钻山洞玩。"

他钻进烟筒,使劲往里走,嘴里还喊:"喵!喵!呼隆隆!呼隆隆!喵——"

费了好大工夫,小黄猫钻出烟筒,他真高兴,叫道:"我钻出山洞啦!我钻出山洞啦!"

可是一看,他身上沾满黑煤烟,小黄猫变成了小黑猫。

小黑猫回到家里,跑进厨房,跳上灶台,看见一个大面缸。白白的面粉,像棉花,又像雪花,真好玩!

小黑猫想：我再玩一会儿吧，反正我的衣服也脏了，妈妈也要说我，我就再玩一会儿吧！

小黑猫按按爪子，一下子跳进面缸里。他打个滚，面粉飞起来，呛得他喘不过气来。他只好闭着眼睛爬出来，跳到地上，摔了个屁股墩。

咦，身上沾满白面粉，小黑猫变成小白猫啦！

这时候，妈妈看见了，问："你是谁家的小猫，到这里干啥呀？"

小白猫叫道："妈妈，是我！妈妈，是我！喵——"

妈妈生气了，说："这孩子，真

不听话！这么脏，怎么舔得干净啊？我拿水给你冲一冲吧！"

妈妈把小白猫领到自来水龙头底下，哗哗哗——给小白猫冲洗身子。

"喵呜——"妈妈吓了一跳。

原来白面粉冲掉了，露出黑煤烟，小白猫变成了小黑猫。

妈妈给他又一冲。

"喵呜——"妈妈又吓了一跳。

原来黑煤烟冲掉了，露出黄土，小黑猫变成了小黄猫。

妈妈给他再一冲。

"喵呜——"妈妈又吓了一跳。

原来黄土冲掉了，露出绿油

漆，小黄猫又变成了小绿猫。

妈妈接着给他冲啊，冲啊，这回怎么也冲不掉了，毛都让绿油漆粘在一起，可难洗啦。妈妈只好拿刷子使劲刷，拿爪子使劲抓。

"哎哟哟！喵呜——哎哟哟，喵呜——"

小猫痛得大叫。

好容易把油漆弄下来了，可小猫身上的毛也一块一块掉了下来。

就这样，小绿猫又变成了小秃猫。

 **牵手阅读**

幻想，天马行空的畅想，给思想插上腾飞的翅膀，给生活增添无穷的乐趣……一个奇妙的想法，往往会让我们眼前一亮，或开怀大笑，或若有所思。本组的四篇文章皆以"奇思妙想"为主题，通过一个个生动有趣的小故事，让我们体会到了想象的魅力。有了作家们这些丰富的想象，我们才能感受到没有了主人约束后的鞋子们那浩浩荡荡的游行和享受了自由之后给主人们制造的麻烦；羡慕小动

物们能跑能跳的小树在做了一场美梦之后，终于明白了它的生长离不开根的滋养。《螃蟹的生意》还会让我们思考，最适合螃蟹的工作是什么呢？拥有一把大剪刀的螃蟹，是不是也能完全胜任园艺师的工作？故事中的小花猫虽然不听话，但是它对有些事情很好奇，还充满了自信心，敢于去做，也不失为一只可爱的小猫。卢梭说，现实的世界是有限度的，想象的世界是无涯际的。让我们乘着想象的翅膀，尽情享受多姿多彩的奇幻世界吧！

# 那些爱绕弯子的趣事

你一定有过绕弯子走路的经历吧?对,就是不走直线,有时走"S"形,有时专走有高有低的地方,多有趣!本单元的故事,就像你走路这样奇妙,故事中的道理不是直白地告诉你,而是要你开动脑筋,自己去寻找。故事中有许多事情,有坏也有好,当事情不期而来时,我们应该怎样面对呢?快快来读故事吧,相信你会有自己的答案。

## 明锣移山

[美国] 阿诺·罗北儿 著　杨茂秀 译

明锣和他的妻子住在大山脚下的一间屋子里。他们爱这间屋子,但是,不爱那座山。

大石块、小石头松动了,从山崖上落下来,掉到明锣家的屋顶上。屋顶满是破洞。云汇集在山顶,大雨从云里落向这个满是破洞的屋顶。屋子里面湿漉漉的,不停地漏水。

出太阳的日子,明锣的屋子也不

温暖。大山总是把厚厚的阴影盖在屋子上。园子里的花朵和蔬菜总是长得瘦小而苍白。

"这座山只给我们不快乐，没有别的。"明锣的妻子说，"丈夫，你必须把大山移走。移走大山，我们才能享受我们的屋子，过平静的生活。"

"亲爱的妻子，"明锣说，"我人这么小，大山那么大，我怎么搬得动呢？"

"那我怎么知道？"他的妻子说，"村子里住着一位聪明的人，去问他。"

明锣急忙走向村子，找到了

聪明的人。明锣说:"我要把我家旁边的山移走。"

聪明的人想了好久。一丝丝的烟从他的烟斗盘旋升起。

最后,他说:"回家去,明锣,砍下最高最大的树,把砍下的树推去撞山,全力去撞,这就是你移走山的方法。"

明锣跑回家。他砍下最高最大的树。明锣和他的妻子紧紧抱住那棵树,飞快地跑过去,用力撞山。

树断成两截,明锣和他的妻子跌倒,头都撞到地上,山却一寸也没移动。

"再去找那个聪明的人。"明锣

的妻子说，"请他再想别的办法来移这座山。"

明锣又向村子奔去。

聪明的人又想了好久。一缕一缕的烟从他的烟斗升起来。

最后，他说："回家去，明锣，去拿厨房里的罐子与锅子，双手握住汤匙，打击罐子与锅子，尽力打，同时大声叫喊，大山就会被吵闹声吓到。这就是你移走山的方法。"

明锣跑回家，从厨房取出罐子与锅子。明锣和他的妻子四只手握紧汤匙，一面尽力打击，一面大喊大叫。

他们弄得喧天闹响,一群一群的鸟从树林飞出来,山却一点都没有移动。

"回去找那个聪明的人。"明锣的妻子说,"我们一定要找出个方法来移走这座山。"

明锣注视着聪明的人。聪明的人想了好久。一团一团云一般的烟从他的烟斗涌出来。

最后,他说:"回家去,明锣,回去烤一些蛋糕,做几条面包,送去给住在山顶上的神。山神一直都很饥饿,会很高兴地接受你送的礼物。他会答应让你的愿望得以实现。这就是你移走山的方法。"

明锣跑回家,和他的妻子一起,做了一篮一篮的面包和一盘一盘的蛋糕。他们拿着这些东西,一起爬上陡峭的山,到了山顶上神住的地方。

他们努力往上爬时,感到强风在呼号,在叫嚣。

不久,空中飘荡着面包,飞舞着蛋糕,一块都没留下来给山神,而山也没有动。

这一次,明锣不必等他的妻子说,就很快地去找村里那个聪明的人。

"请你帮助我移走大山,我才

能享受我们的屋子,过平静的生活!"明锣哭道。

聪明的人稳稳地坐在那里,想了好久。好多好多的烟从他的烟斗冒出来,烟雾差不多把聪明的人包住了。

最后,他说:"回家去,明锣,去将你的屋子拆下来,将拆下来的竹子、木头一支支捆起来,把家里所有的东西都打包,用粗的、细的绳子,好好扎紧,用你的手拿,用你的头顶,然后,面对大山,闭起你的眼睛。"

"这些都做到了之后,"聪明的人说,"你就可以跳移山舞。你把左

脚放在右脚后面,再把右脚放在左脚后面,就这样一直重复跳,要跳许多个小时。然后,你再把眼睛睁开,你会发现大山已经移得远远的啦!"

"这是一种奇怪的舞,"明锣说,"但是,只要它能使山移走,我立刻就去跳。"

明锣跑回家去。他把屋子拆下来,把竹子、木头一支支捆起来,把家里所有的东西都打包,用粗的、细的绳子,好好扎紧。

明锣和他的妻子两个人,用手拿的用手拿好,用头顶的用头顶好。然后,明锣先做给他的妻子看，怎么跳移山舞。

他们面对着山，闭起眼睛，小心翼翼地，一步一步跳着。

他们各自把左脚踩在右脚后面，再把右脚踩在左脚后面。

邻居看到明锣和他的妻子倒退走路，而且手上拿着东西，头上顶着东西，一直走，走过旷野。

这实在是很怪异的情景，他们看得满头雾水。

跳了很多个小时的移山舞，明锣和他的妻子才睁开眼睛来。

"看哪！"明锣叫喊，"我们跳的舞有效果哎！山移得远远的啦！"

竹子、木头，一根一根的，他们把屋子再建造起来，将打成包的东西解开来，把家整理好，弄得舒舒服服。

明锣和他的妻子从此住在开阔的天空下、温暖的阳光里。下雨时，雨水轻轻落在屋顶，屋顶没有破洞。

他们常常望着那远远的山，山远远看来小小的。他们心里觉得好幸福，因为，他们两人都知道是他们使那座山移走的。

# 冰淇淋大游行

[美国] 鲍登 著　陈苏 译

凯蒂的表哥来了。凯蒂可高兴了："我要和我的小朋友一起给表哥开一个最大的欢迎会！"妈妈笑了，说："你快去买一桶冰淇淋吧。"爸爸接着说："把你的好朋友全部叫来吧。"

凯蒂拉起小车到冷饮店去了。她的小车里坐着小熊和娃娃，后边放着一只小桶。

路过珍妮和吉里的家，凯蒂大声喊："珍妮，吉里，到我家去开欢

迎会吧,我表哥来啦!"

珍妮和吉里回答说:"不啦!我们在给卷毛狗洗澡呢。"

爱德华和埃米莉的家到了。凯蒂用两只手套着嘴巴喊:"爱德华,埃米莉,到我家去开欢迎会吧,我表哥来啦!"

他们也一齐回答:"我们正给小狗造窝呢,明天去你家吧。"

凯蒂一个朋友也没有请到,这是最小最小的欢迎会了。她心里很难过,眼泪都快流出来了。

她买好了冰淇淋,装在小桶里,往回家的路走去。路上一块石头绊了车一下,车上的小熊撞倒了娃娃,娃娃撞倒了小桶,小桶里的冰淇淋化了,一点一点掉在地上,啪嗒——啪嗒——噗!凯蒂可一点也不知道。

几只饿猫闻见了香味,跑来了,跟在小车后面舔。饿猫越来越多,全跟在小车后面。一位太太牵着一只大狗,大狗看见一长串的野猫,汪汪叫起来,拖着太太跟着野猫跑起来。一群孩子正在吃爆米花,他们看见了,觉得很奇怪,也跟着跑起来。一个小女孩骑着小马,她觉得太有意思了,说:"我想这是一次特别的游行吧。"旁边一个小男孩牵着小狗,说:"我们也参加吧。"

队伍越排越长。一个磨刀的人排进了队伍。一个手风琴手也排进了队伍,还带着他那滑稽的、会跳舞的小猴,一边走,一边拉着一支欢快的曲子。

谁在拉手风琴啊?凯蒂觉得很奇怪,她回头一看,怎么啦?后面排着一长队的动物和人。她马上明白了,笑了起来,也合着拍子一二、一二地走起来。路过了爱德华的家,路过了珍妮的家,他们也参加进来了。

家门口到了。啪嗒!最后一滴冰淇淋滴完了。凯蒂看看大家又看看表哥,说:"这可怎么办呢?我们可以开最大最大的欢迎会,可是连一滴冰淇淋也没有了。"

好心的邻居马上跑回家去,拿来了蛋糕、橘子汁和许多好吃的东西。欢迎会开始了,手风琴手奏起了快乐的乐曲,猴子跳起舞来,小朋友一起做游戏。

表哥说:"谢谢凯蒂,谢谢大家,这是我参加过的最好的欢迎会。"

珍妮、爱德华他们也说:"这是最好的一次游行,是冰淇淋大游行!"

凯蒂最后说:"谢谢小朋友,谢谢小猫、小狗、小猴,我永远也不会忘记这次冰淇淋大游行。"

# 红蜡烛

[日本] 新美南吉 著　周龙梅 彭懿 译

一只猴子从山里来村子里玩时,捡到了一支红蜡烛。

红蜡烛可不多见,所以,猴子就把红蜡烛当成了烟花。

猴子小心地把捡来的红蜡烛带回了山里。

这下山里头可闹翻了天。因为烟花这玩意儿,无论是鹿、狮子、兔子,还是乌龟、黄鼠狼、狸子、狐狸,谁也没有见过。而猴子却把烟花给捡了回来。
"嚄！不得了！"
"挺漂亮嘛！"
鹿、狮子、兔子、乌龟、黄鼠狼、狸子、狐狸你推我搡地拥过来看红蜡烛。

猴子连忙说："危险危险！不能靠得太近，会爆炸的。"

大家吓得连连向后退去。

猴子告诉大家，烟花是如何发出一声巨响飞出去的，又是如何在天空中绽放出五彩缤纷的光芒的。

这么美丽的东西，大家真想亲眼瞧一瞧啊。

猴子说:"那好吧,今天晚上咱们到山顶上放烟花去!"

大家高兴极了。一想到砰的一声,烟花就如同星星一般在夜空中绽开,大家能不陶醉吗?

到了晚上,大家兴奋地爬上了山顶。

猴子已经将红蜡烛绑在了树枝上,正等待大家的到来。

马上就要放烟花了,可问题是谁也不愿意去点烟花。大家都想看烟花,可是谁也不愿意去点火。

这样一来,就放不成烟花了。

于是,大家抽签来决定谁去点火。

第一个抽到的是乌龟。

乌龟鼓起勇气,向烟花那里爬去。可是火点着了吗?没有点着。当爬到烟花边上时,乌龟便不由自主地把头缩了进去,怎么也不肯出来了。

于是大家又重新抽签。这回轮到了黄鼠狼。黄鼠狼比乌龟强多了,它没有把头缩回去,可是黄鼠狼高度近视,所以它只是在烟花边上东张西望地兜圈子。

最后，狮子冲了出来。狮子是最勇敢的野兽。狮子真的冲上前去把火点着了。

大家吓坏了，连忙跳进草丛中，紧紧捂住了自己的耳朵，其实何止耳朵，连眼睛也捂得严严实实。

可是蜡烛一声不响，只是在那里静静地燃烧着。

# 战无不胜的猴子

### 中国民间故事

从前,有一对仙人夫妻,喜欢下围棋,他们常常到山顶上下棋。在他们下棋的地方,刚好有一棵大树,树上住着一只猴子。就这样,这只猴子经年累月地躲在树上,看这对仙人下棋,终于练就了高超的棋艺。

不久,这只猴子下山来,到处找人挑战,结果,没有人是它的对手。最后,只要是下棋的人,一看对手是这只猴子,就甘拜下风,不战而逃。

国王终于看不下去了，全国这么多围棋高手竟然连一只猴子也敌不过，实在是太丢脸了。于是，国王下诏：一定要找到人来战胜这只猴子。

其实，猴子棋艺卓绝，举国上下，根本没有人是它的对手。那，该怎么办呢？这时，有一个大臣，自告奋勇地说要与猴子下一盘。国王问："你有把握吗？"他说绝对有把握，但是在比赛场地的桌上一定要放一盘水蜜桃。

比赛开始了，猴子与大臣面对面坐着，在比赛的桌子旁边放着一盘鲜嫩的水蜜桃。整盘棋赛中，猴子的眼睛始终盯着这盘水蜜桃，结果，猴子输了。

## 牵手阅读

英国作家萨克雷说："生活就是一面镜子，你笑它也笑，你哭它也哭。"本单元的文章教给我们对待事物的方法。《明锣移山》的故事很幽默，而且告诉我们这样一个道理：当你面对一件事情，一种方法不管用的时候就应该换一种思维方式。有些事情退一步海阔天空，就好像故事中的山一样，要移开山很难，几乎没有办法，但是如果我们自己挪移一下，山就不再挡在房子的前面了。目的是一样的，只是方法换了

一下。《冰淇淋大游行》带领我们认识了可爱的凯蒂，一块小小的冰淇淋让凯蒂收获了意外的惊喜。机会对每个人来说都是平等的。当我们面对事情实在想不出办法时，也不要泄气，说不定事情没有那么糟糕，要乐观地对待一切。一支小小的红蜡烛被一群小动物当成了烟花，闹出了不少笑话。《红蜡烛》告诉我们，不观察就行动，怎能发现事物的本来面目呢？战无不胜的猴子又是怎样被打败的呢？原来那位大臣找到了猴子的弱点：爱吃桃子。战胜对手，其实就是战胜对手的弱点。

## 童心风景线

"我把小树苗栽到春天的故事里,我把小蜻蜓送回夏天的目光里……童心是小鸟,羽毛很美丽,飞来飞去在四季的怀抱里……" 童心有一双洁白的翅膀,它会追着一只蓝翅膀的蝴蝶满天乱飞; 它会睁大好奇的眼睛,看着雨溅起的水泡; 它会在最后一抹阳光倒映在青绿的树叶上时,绽放出一丝梦幻而又纯粹的笑。 每个人,都拥有一颗童心,不论是谁,一定都会在一个追蝴蝶的梦中,幼稚地笑出声来……

# 月亮生病了

鲁冰 著

"月亮怎么不见了?"一颗小星星眨眨眼睛说,"昨天晚上,她还像一只弯弯的小船儿,载着我在银河上荡来荡去!我真希望再看到她。"

"嘘——月亮感冒了,她正裹着一层又一层云朵,躺在床上养病呢!"那颗最亮的星星说。

"我要为月亮做一件衣服,穿

上它，月亮就不会再感冒了。"小星星拿出针线，又找到一朵被晚霞染红的彩云，开始做起衣服来。

小星星真是一个好裁缝，他只用了一天时间，一件漂亮的衣服就做好啦。

"月亮穿上它，一定又苗条又可爱。"小星星心里说。

可是，当小星星隔着厚厚的云朵将衣服递过去时，月亮却说："这件衣服我穿不上——我全身浮肿，病得好重啊！"

于是，第二天，小星星又为月亮做了一件大一点的衣服，可是，小星星得到的还是同样的回答。

就这样,小星星一连做了十五件衣服——最后一件简直能给一只小胖猪穿。小星星累得直不起腰了,可是,云朵中传来的依旧是那句话:"我全身浮肿,病得好重啊!"

小星星慌了神,急忙叫来雷电婆婆。

"该给她打上一针。"雷电婆婆从药箱里拿出针管,吸了满满一管药水。

"最好别叫醒月亮,不然她会害怕的!"小星星关切地说。

于是,雷电婆婆轻轻地将针头探进云朵里,对着月亮的屁股扎了

下去。

"哎哟!"月亮明晃晃地蹦到银河上空——她已经变成一轮满月了。

小星星急忙跑过去,为月亮揉揉屁股。

"不疼了!不疼了!"月亮拉起小星星的手向前跑去。

"扑通!扑通!"他们跳进银河里,打起了水仗——月亮的病完全好了!

# 你睡不着吗,小熊

[爱尔兰] 马丁·韦德尔 著  潘人木 译

森林里住着两只熊,一只叫大熊,一只叫小熊。大熊长得大大的,小熊长得小小的。白天,他们一起玩;晚上,大熊领着小熊回到熊洞里。

大熊把小熊放到床上,对他说:"晚安,小熊。"然后,大熊搬了一把椅子,坐在火堆旁边看书,但是,小熊睡不着。

"你睡不着吗,小熊?"大熊

放下他那本有趣的书,走到了小熊的床边。

"我害怕。"小熊说。

"你为什么害怕,小熊?"大熊问。

"我不喜欢这么黑。"小熊说。

大熊看了看周围,觉得小熊说得有道理。于是,他拿来了一个小小的灯笼,放在小熊的床边。

"谢谢你,大熊。"小熊给了大熊一个拥抱。大熊坐在火堆边继续看书。

小熊躺了一会儿,可他还是睡不着。

"你睡不着吗,小熊?"大熊

说。他放下书，来到了小熊的床边。

"我害怕。"小熊说。

"你为什么害怕，小熊？"大熊问。

"我不喜欢这么黑。"小熊说。

"可我已经给你拿来了灯笼。"

"它只照亮了一点点的地方，那里还有那么多黑的地方呢。"小熊说。大熊看了看周围，觉得小熊说得有道理。于是，他拿来了大一点的灯笼，放在小熊的床边。

"谢谢你，大熊。"小熊又去睡觉了。可是，他还是没有睡着。他对大熊说："那里还是有那么多黑的地方。"于是，大熊把最大的一只

灯笼拿来了。灯笼的光照亮了整个熊洞，小熊很高兴。

可小熊还是没有睡着。

"你睡不着吗，小熊？"大熊放下书，走过来。

"我不喜欢这么黑。"小熊说。

"可我已经把最大的灯笼都拿来了，还有什么地方是黑的呢？"

"外面。"小熊指着熊洞外的夜色。大熊觉得小熊说得有道理，可怎样才能照亮外面呢？世界上所有的灯笼也不能把黑夜照亮啊。

大熊想啊想啊，他说："来，小熊，我们到外面的黑暗里去。"

童心风景线

大熊领着小熊，一步一步走出了熊洞。哦，外面真黑啊！

"我怕！"小熊抱住了大熊。大熊轻轻抱起小熊，说："看，我为你带来了那么明亮的月亮和眨着眼睛的星星。"

可是，小熊没有吭声，他已经在大熊温暖而安全的怀抱中睡了。

# 学校真有意思

[日本] 鹿岛和夫 著

开学第一天,妈妈拉着继成的手,到学校来了,继成还在抽抽搭搭哭个没完。

鹿岛老师问:"继成,你怎么啦?"

妈妈回答:"他说他不愿意上学。"

"为什么呢?"

"他说没有朋友,没劲。"

继成又哭起来了。

冰淇淋大游行

第二节课,开欢迎会。全校孩子在操场上集合,一年级学生排在大家前面。高年级代表讲了欢迎的话。

现在,该请一年级代表讲话啦!鹿岛老师把继成推到前边来了。

继成不愿意,扭着身子。

鹿岛老师不管这些,把他轻轻一抱,放到讲台上。

"哎,继成,要跟大家打招呼啊。你照老师说的话去说,就行啦。'我是一年级小学生了。'你说呀。"老师把话筒拿到他面前。

"我是一年级小学生了。"继成还是不愿意,小声跟着说了一遍。大家瞧着他,都很担心。

"说得好,说得好。你再说:'我一定要好好学习。'"

"我一定要好好学习。"他的声音高了一点。

"请大家跟我友好吧!"

"请大家跟我友好吧!"这一次,他的声音很清楚。

继成的声音响遍了操场。

"说完啦。"鹿岛老师小声说。

"说完啦!"继成大声说。

孩子们全笑了。继成怪不好意思的,也笑了。

"什么呀,真简单啊!"继成一

边说,一边走下讲台。他这句话,也从大喇叭里传到了操场上。

大家又大笑起来,接着都拍起手来。

放学的时间到了。

六年级的女孩子们朝一年级一班的教室里瞧:"是那个孩子,是那个孩子。"

继成一下子有名气了。

鹿岛老师说:"继成,明天,你能自己好好地上学吗?"

"嗯!"继成使劲一点头,跟鹿岛老师握着手说:"学校,可真好啊!"

# 小象的大便

[日本] 角野荣子 著  张慧荣 译

早上,出门散步的河马非常吃惊。今天空地上非常臭。"哪里臭?哪里臭?"河马边问边找。

鳄鱼、狮子、猴子和刺猬也都围了过来。"哪里臭?哪里臭?"大家正找着,吧嗒,吧嗒,只见几坨大便落在了空地的中央。

"哇,这么大!"河马说。

"是谁的大便啊?"鳄鱼问。

"是大象的吧。"狮子说。

"真大呀!"猴子说。

"说不定是天空的大便哟。"刺猬说。

"天空不会拉大便的。"河马笑着说。

"不过,有时会拉小便。"鳄鱼说。

"也许有时会拉大便。"猴子说。

"也许是吧!"大家点头说。

于是,它们一起站在空地上往天上看。

"对不起,对不起,是我的大便。"小象急冲冲地跑来,"我马上打扫干净。"小象开始用鼻子吸沙掩埋大便。

"等一下。"猴子说,"我也想拉这么大的粪便。"

"我也想。"

"我也想。"

大家一个接一个地说。

然后,它们问小象:"你怎么会拉出这么大的粪便?"

"那是因为我吃得多呀!"小象说。

"真的吗?那我们也得努力吃啊!"大家一齐说,"明天早上我们再来悄悄地比一比。"

这下可热闹了。

河马、鳄鱼、狮子、刺猬,还有猴子回到家就不停地吃。输给小象,那还得了!

吃啊,吃啊,每个人的肚子都吃得胀鼓鼓的。

第二天早上,大家在空地中央集合。

"一、二、三!"最后,还是小象拉的大便个头最大。

"啊,我的最小。"刺猬难过地说。

"啊,我输了!"河马、鳄鱼、狮子和猴子都难过地说。

"是吧,还是我的最大!"小象骄傲地扬起了鼻子。

这时,妈妈们和爸爸们赶来了,说:"你们干了什么呀,空地上这么臭!打扫干净!赶快打扫!今天就打扫!"

大家吓得跳了起来,慌忙开始打扫。

那么,这次谁是第一呢?

得第一的是粪便最小的刺猬。

## 牵手阅读

童心犹如一座城堡,里面住着天真、善良、快乐、无邪。一切美好都来源于它,它是那么晶莹剔透,那么美好纯真。童心无价!如果你保留了一份单纯,你将多一份与人的友善;如果你保留了一份单

纯，你将多一份人生的快乐；如果你保留了一份单纯，你将多一份奋进的力量。所以，拥有了童心，你便会拥有天真纯洁、无私无邪的品格；拥有了童心，你便会忘记生活中的琐屑愁事，快乐地面对人生；拥有了童心，你便会懂得如何面对生活、享受生活。让自己的心留住那个长着小翅膀的童心吧！定格住那抹无邪的笑容，留住心中蔚蓝的天空。即使梦中的蓝蝴蝶飞走了，但追蝴蝶的梦，依旧还在。童心，依旧还在。不是吗？

## 那些不让人讨厌的小聪明

**就**像一抹最明媚的阳光,就像一缕最柔和的春风,就像一滴最晶莹的露珠,生活中的小聪明总会在我们心中荡起阵阵涟漪。大耳朵图图稚气的举止让我们在笑声中明白了做人的道理;可爱的一休哥利用自己的智慧一次又一次打败了对手,让我们在睡梦中接连笑醒;还有调皮的小猴子、小狐狸骗过了凶残的大灰狼,让人拍手称快。今天,让我们一起畅游书海,去发现更多的那些不让人讨厌的"小聪明"吧。

# 列那狐偷鱼

[法国] 阿希·季浩 著　严大椿 译

那天天气很冷，天色阴沉沉的。列那狐在家里呆呆地看着那几个已经空了的食橱。

艾莫丽娜夫人坐在安乐椅上，愁眉苦脸地摇着头。

"什么也没有了，"她忽然说，"我们家里什么吃的也没有了。"

"饿着肚子的小家伙们快回来了，他们吵着要吃饭，我们该怎么办呢？"

"我再出去碰碰运气看。"列那狐说着长叹了一声,"可是,季节不好,我真不晓得该上哪里去。"

他还是出去了,因为他不愿看到妻子和孩子们哭泣,他只好准备跟正要到来的敌人——饥饿作一场斗争了。

他沿着树林缓慢地走着,东瞧瞧,西望望,想不出寻找食物的任何办法。

他这样一直走到一条被篱笆隔开的大路上。

他垂头丧气地坐在路上。刺骨的寒风猛吹着他的皮毛,抽打着他的眼睛。他陷入了恍惚的沉思之中。

忽然一阵大风刮过,远处飘来一股诱人的香味。这香味直送到列那狐的鼻子里。

他立刻抬起头,使劲地嗅了几下。

"是鱼的味儿吗?"他心里说,"这明明是鲜鱼的香味啊!可是,它是从哪里来的呢?"

列那狐纵身一跳,跳到路边的篱笆旁。他不但鼻子很灵,耳朵很尖,而且目光也特别敏锐:他发现打老远的地方驶过来一辆大车。毫无疑问,这股馋人的味道就是从这辆车里散发出来的,因为当车子逐渐走近时,他清清楚楚地看到

车上装的都是鱼。

确实,这是去附近城里鱼市场卖鱼的商贩,他们的筐子里装满了鲜鱼。

列那狐一秒钟都没有迟疑。当他馋得流下口水,急不可待地想吃这些鲜美的鱼时,他的脑子里忽然闪出了一条妙计。

他轻轻一跳,越过了篱笆,绕到离大车还很远的大路的一端,躺倒在路中间,装出刚刚暴死的样子:身子软绵绵的,闭着眼睛,伸着舌头,跟断了气的一模一样。

鱼贩们到了他跟前,停下车,果然以为他死了。

"啊？那是一只狐狸还是一只獾？"其中一个商贩看到这只躺着的东西喊了起来。

"是只狐狸。快下车，快下车！"

"不是个好东西。不过，他那张皮倒不坏，可以把它剥下来。"

两个商贩连忙下车，上前去看列那狐。这时，列那狐装死装得更像了。他们捏了他几把，把他翻过来，又抖了几下，这时他们才欣赏到他那身漂亮的皮毛和雪一般洁白的喉部。

"这张皮能值四索尔①。"其中一

---

① 法国古代货币的名称，二十索尔合一法郎。

个说。

"四索尔？不止！起码值五索尔。五索尔我还不一定肯卖呢！"

"把他扔在车上吧！到了城里，我们来收拾这张皮，卖给皮货商。"

两人漫不经心地把列那狐扔到了鱼筐边，重新上车，继续赶路了。

你们一定会猜到，我们这只狐狸在车上笑得多么开心！

他正落在好地方：那里有够他一家人吃的丰盛的午餐。

他几乎一动也不动，毫无声响地用锋利的牙齿咬开了一个鱼筐，开始吃他的美餐。一眨眼工夫,至少三十条鲱鱼进了他的肚子。虽然没有佐料,但他并不在意。

吃完后,他丝毫不想逃跑。他还要利用这个好机会呢。

咔嚓一下,他又用牙齿咬开了另一个鱼筐。那是一筐鳗鱼。

这次,他要为家人着想了。他自己只尝了一条,那是为了察看鱼是不是新鲜,保证亲人不会受害。

他巧妙地把好几条鳗鱼串起来做成一条项链,挂在自己的脖子上,然后轻轻地从车后滑到了地上。

他下车虽然很轻,但还是发出了

一点响声。

赶车人发现那只死狐狸已从车上逃跑,正感到莫名其妙和惊讶不已的时候,列那狐嘲讽地向他们喊道:

"上帝保佑你们,我的好朋友!让皮货商节约六个索尔吧!"

"我给你们还留着一点很好的鱼呢,谢谢你们送给我鳗鱼啦!"

商贩们这才明白,是列那狐用计捉弄了他们。

他们当即停住大车,去追捕列那狐,可是尽管他们像追赶小偷一样奔得上气不接下气,但狐狸还是比他们跑得快。

他很快翻过篱笆，摆脱了失主的追逐。

两个商贩懊丧万分，只好重新上了车。

列那狐跑着跑着，不一会儿就到了家，与正在挨饿的一家人相会。艾莫丽娜带着亲切的微笑走上前来迎接丈夫。她看到列那狐脖子上挂的这串项链，觉得比任何首饰都华美。她向丈夫表示热列的祝贺，然后小心地关上了茂柏渡（列那狐居住的地方）的大门。列那狐的两个孩子贝尔西埃和马尔邦什虽然还不会打猎，但已经学会了烹饪技艺，他们俩生起了火，把

鳗鱼切成小块,串在铁钎上烤了起来。

艾莫丽娜忙着侍候丈夫:她给他洗脚——他已经很累了——还擦洗着他那身被鱼贩们估价为六索尔的漂亮的皮毛。

## 聪明的乌龟

鲁兵 著

一只狐狸,肚子饿得咕咕叫,它东奔西跑地找东西吃,看见一只青蛙正在捉害虫,心想:先拿这只青蛙当点心,填填肚子也好。

狐狸轻轻地,轻轻地,一步一步轻轻地跑过去,再跑两步就捉到青蛙了,可是青蛙正在捉害虫,一点也不知道。

这事让乌龟看见了,它急忙伸长脖子,一口咬住狐狸的尾巴。

"哎哟,哎哟,谁咬我的尾巴?"

乌龟回答了吗?没有。它张嘴说话不是就放掉狐狸了吗?乌龟不说话,一个劲地咬住狐狸的尾巴不放。

青蛙听见背后狐狸在叫,又是蹦,又是跳,跑到池塘边,扑通一声,跳到水里去了。

狐狸没吃到青蛙,气坏了,回过头来一看:"啊,原来是一只乌龟!我没吃到青蛙,吃乌龟也行。"

乌龟可聪明了,把头一缩,缩到硬壳里去。狐狸没咬到它的头,就想咬它的腿。乌龟又把四条腿一缩,缩到硬壳里去。狐狸没咬到它的腿,一看，还有条小尾巴呢，就去咬它的小尾巴。乌龟再把小尾巴一缩，也缩到硬壳里去了。

狐狸实在饿慌了，就去咬乌龟的硬壳，嘎嘣，嘎嘣，咬得牙齿都发酸了，还是咬不动。

狐狸说：“乌龟，乌龟，我把你扔到天上去，啪嗒一下摔死你。”

乌龟说：“谢谢你，谢谢你，你扔吧，我正想到天上去玩玩呢！”

狐狸说：“乌龟，乌龟，我把你扔到火盆里去，呼啦一下烧死你。”

乌龟说：“谢谢你，谢谢你，你扔吧，我身上发冷，正想找个火盆烤烤火呢！”

狐狸说:"乌龟,乌龟,我把你扔到池塘里去,扑通一下淹死你。"

乌龟听狐狸这么一说,哇的一声哭了:"狐狸,狐狸,你行行好,千万别把我扔到池塘里去。我们乌龟最怕水,掉在水里就没命了。狐狸,狐狸,饶了我吧!"

狐狸才不理它呢,抓起它的硬壳,走到池塘旁边,扑通一声,把它扔到水里去了。

乌龟下了水,就伸出四条腿来,划呀,划呀,一直划到青蛙身边。两个好朋友,一边笑,一边说:"狐狸,狐狸,你还想吃我们吗?请啊,请啊!"

狐狸气昏了,身子一纵,向青蛙和乌龟扑去,扑通一声,掉到池塘里去了。青蛙和乌龟看见水面上冒了一阵子气泡,可没看见狐狸浮出水面来。

冰淇淋大游行

# 老狼拔牙

包蕾 著

有一只老狼,那是一只很坏很坏的老狼,他的样子也长得很难看,一身癞皮。一双绿莹莹的眼睛,一张大嘴,嘴里长着两排尖尖的狼牙。他干了许多坏事,比如说,把猪妈妈刚生下来的小猪仔偷来吃掉了,把跟着羊妈妈出去散步的小羊羔抢来咬死了。大家对他又恨又怕,远远看见他的影子就都躲开了。

这一来,老狼吃不到东西了,肚子饿得咕咕叫。他蹲在地上,心里打着坏主意:大家都防着我,再想偷吃办不到,这可怎么好?哦,有了,我把坏事都推说是我的牙齿干的,骗人家来替我拔牙,我就把他啊呜一口吃掉……

他觉得这个办法很好,就用爪子捂着脸,假装哭起来:"呜——呜,呜——呜——"

这时候,有只长颈鹿走过来,这只长颈鹿可真是老实,他看见老狼哭得很伤心,就问他:"老狼,你为什么哭啊?"

老狼听见长颈鹿问他,哭得更

冰淇淋大游行

起劲了,他一边哭,一边说:"长颈鹿兄弟……呜呜呜……大家都说我不好,常常干坏事。其实,我的心是很好的,就是我的牙齿不好,它喜欢咬。我恨死它了,可是有什么办法呢?呜呜呜……长颈鹿兄弟,你做做好事,把你的头伸到我的嘴里来,用你的牙齿把我的牙齿拔掉,它就再不能干坏事了。"

老实的长颈鹿看老狼挺可怜,就说:"好吧,我来试试看,你把嘴张大些!"

老狼可高兴了,把嘴张得大大的,等长颈鹿把头伸进来,就一口咬住了。

长颈鹿痛得叫起来:"啊呀,你怎么咬我?快放开,快放开!"老狼死咬住不放。

正在这时候,忽然听见背后一声大叫:"快放开,快放开!要不,我打死你!"

老狼一听,吓得松了口,长颈鹿连忙把头缩回来,一边叫道:
"哎呀呀,差点把我咬死了!"

老狼回头一看,原来来了个小孩子。小孩子问他们是怎么回事,长颈鹿把事情说了一遍,小孩子问老狼为什么咬长颈鹿,老狼说:"是他弄得我喉咙里痒痒的,我只好把他咬住了。"

小孩子听了笑笑说:"我来替你拔,不过,你得把眼睛闭起来,要不,我看见你的眼睛绿莹莹的,很害怕,不敢把头伸进你的嘴里去。"

老狼为了吃小孩子,就答应了,闭上眼睛张开大嘴等着。小孩子捡起块大石头塞进老狼的嘴里去。老狼以为是小孩子的头伸进来了,赶紧咬住,嘣的一声,他的牙齿被崩碎了,痛得他在地上打滚。

小孩子举起棍子,朝老狼的头上打去,一下就把老狼打死了。小孩子对长颈鹿说:"以后要当心,不要再上当!"

## 侬秀姑娘

中国民间故事

从前,一座大森林里,住着一只大母猴,它的头发很长很长,一直拖到地上。

大母猴有把大木梳,可是自己从来不梳头,它不会,所以它的头发总是乱蓬蓬的,里面还长着许多许多虱子,痒得它受不了。这可怎么办呢?它悄悄地躲在山路口,看见上山打柴的姑娘,就跑上去,把那把大木梳递给她,要她给自己梳头、捉虱子、打辫子。谁不答应就没命。

这一来,哪个姑娘还敢上山打柴呀?有!一个叫作侬秀的姑娘,又聪明,又勇敢。她说:"我们山里人就靠打柴换米吃,不打柴怎么活呀?"

有一天,侬秀姑娘带了柴刀、扁担,上山打柴去。爹妈拦不住,寨子里的姑娘劝不住,她一甩辫子就走了。

她在山上砍了一担柴,挑着下山来,心想:嘿,那大母猴知道我侬秀姑娘上山来打柴,不敢出来吗?她正这么想着,呼的一下,

大母猴从一棵树上跳了下来，站在她的面前，递给她那把大木梳："哈哈，我已经几个月没梳头了。你来得正好，快给我梳头吧！"

侬秀姑娘不慌不忙，从自己头上拿下一把银子打的梳子，对大母猴说："老阿婆，我就是特意来给你梳头的，可不是，我还带着梳子呢。往后啊，我每天来给你梳一次头。"

大母猴听了，乐得咧开了嘴："哎呀，你真是个好姑娘。那么快梳吧！"

"这儿可不行。头发拖到地，就会沾上泥。"

"那就到大石头上去梳吧。"

"那儿也不好。石头上面长青

苔，一不小心滑下来。"

"这儿也不行，那儿也不好。你说吧，在哪儿梳头？"

侬秀姑娘说："在这棵树上梳头，再好也没有。"

大母猴一想，觉得有道理，就爬到树上去，侬秀姑娘也跟着爬到树上。大母猴坐在低一点的树杈上，侬秀姑娘坐在高一点的树杈上。

侬秀姑娘开始给大母猴梳头了，她梳一绺，就把一绺头发拴在树枝上；再梳一绺，又把一绺头发拴在树枝上。就这么梳着，梳着，把大母猴的头发全拴在树枝上了。

"姑娘,梳完了没有啊?"

"这不就快梳完了吗?"侬秀姑娘说着,把自己的那把梳子往地上一扔,"哎呀,我的梳子掉下去了。"

"我给你下去拿。"

"不,不,老阿婆,你年纪大,还是让我去拿吧。"

侬秀姑娘哧溜一下,爬下树来,拾起自己的梳子,挑起自己的柴担,拔脚就走。

大母猴喊起来:"姑娘,别走,别走!你还没有给我梳完头呢。"

侬秀姑娘说:"老阿婆,请你在这儿等一会儿,等我上街卖了柴,再回来给你梳头。"

大母猴火了,往树下一跳,这可不得了,它的头发全被拴在树枝上呢,它就悬空挂在树上了,荡过来,荡过去,像在荡秋千。

你不信,到那大森林里去看一看,那大母猴现在还在树上挂着呢。

## 牵手阅读

合上书,让思绪飞扬……小小的故事,轻松自如、妙趣横生,带给我们智慧的启迪。聪明的乌龟在关键时刻,挽救了朋友的性命,也保护了自己;列那狐饥饿难耐,急中生智,终于让全家人大饱口福……聪明的举动在关爱中，在冷静中，在生活的每一个角落里。它告诉我们，拥有这份聪明，就拥有了一份快乐；拥有这份聪明，就拥有了一份自信；拥有这份聪明，也就拥有了一个机会。每个人都有超乎寻常的智慧，但又有哪些人的聪明才智能开出美丽的花朵呢？聪明，要用到生活中，解决问题，保护自己，更要帮助别人。书是一扇窗，打开以后，你会看到大千世界，你会呼吸清新空气。在书海中尽情遨游吧，那样，你就会变成一个不让人讨厌的"小聪明"。

**在**这片广袤的土地上，孕育了许多奇幻瑰丽的神话故事，这些神话故事穿越了几千年的时光，历久弥新。本单元精选的神话故事，有对牺牲自己、创造人类万物精神的赞颂，如盘古用自己的身体创造了这个多姿多彩的世界；有对仁爱善良、偷取火种义举的讴歌，如普罗米修斯宁愿忍受风吹雨淋，鹫鹰啄食的痛苦也不归还火种；还有对承载人类新开始的诺亚方舟的描绘……这些故事，人物形象丰满生动、栩栩如生；故事情节跌宕起伏、引人入胜；还有那超乎寻常的想象、极度的夸张，都将把你带进那个充满神奇、充满美感的神话世界。

## 美丽的神话

# 开天辟地

**中国神话传说**

大约在三百二十六万七千年以前,太阳系的地球上,天地还没有形成,到处混沌一片,既分不清上下左右,也辨不出东西南北,整个世界就像一个中间有核的浑圆体。人类的祖先盘古便在浑圆体的核心中孕育而成。

盘古经过了一万八千年的孕育才有了生命。当有了知觉的那一刻,他便迫不及待地睁开了眼睛,可

冰淇淋大游行

是周围一片黑暗,他什么都看不见。急切间,他拔下自己的一颗牙齿,把它变成威力巨大的神斧,抡起来用力向周围劈砍。

浑圆体破裂了,沉浮成两部

分：一部分轻而清，一部分重而浊。轻而清者不断上升，变成了天；重而浊者不断下降，变成了地。盘古就这样头顶天脚踏地，诞生于天地之间。

盘古在天地间不断长大，他的头在天为神，他的脚在地为圣。天每日升高一丈，地每日增厚一丈，盘古每日生长一丈。如此一日九变，又经过了一万八千年，天变得极高，地变得极厚，盘古的身体也变得极长。盘古就这样与天地共存了一百八十万年。

盘古想用自己的身体创造出一个充满生机的世界，于是他微笑着倒了下去,把自己的身体奉献给大地。在他倒下去的刹那间,他的左眼飞上天空变成了太阳,给大地带来光明和希望;他的右眼飞上天空变成了月亮,两眼中的液体洒向天空,变成了夜里的万点繁星;他的汗珠变成了地面的湖泊,他的血液变成了奔腾的江河,他的毛发变成了草原和森林;他呼出的气体变成了清风和云雾,发出的声音变成了雷鸣。

盘古倒下时,他的头化作了东岳泰山(在山东),他的脚化作了西岳华山(在陕西),他的左臂化作了南岳衡山（在湖南），他的右臂化作了北岳恒山（在山西），他的腹部化作了中岳嵩山（在河南）。从此，人世间有了阳光雨露，大地上有了江河湖海，万物滋生，人类开始繁衍。

# 女娲补天

中国神话传说

远古之时,支撑天地四方的四根柱子坍塌了,大地开裂;天有所损毁,不能尽覆万物,地有所陷坏,不能遍载万物;火势蔓延而不能熄灭,水势浩大而不能停止;凶猛的野兽吃掉善良的百姓,凶猛的禽鸟用爪子抓取老人和小孩。于是,女娲冶炼五色石来修补苍天,砍断海中巨龟的脚来做撑起四方的柱子,杀死黑龙来拯救中原，用芦灰来堵塞洪水。天空被修补了，天地四方的柱子重新竖立了起来，洪水退去了，中原大地上恢复了平静，凶猛的鸟兽都死了，善良的百姓存活了下来。

# 普罗米修斯的传说

### 古希腊神话

很久很久以前,有一位天神,叫普罗米修斯。

普罗米修斯不喜欢住在云雾缭绕的山顶上,他来到人间,同人们一起生活。他发现人们住在山洞里,饥寒交迫;他们被野兽捕食,甚至彼此猎食——他们实在是一切生物中最可怜的了。

"只要他们有了火,"普罗米修斯对自己说,"他们至少就可以取暖和做饭了。以后他们可以学会制造工具，给自己盖房子住。现在没有火，他们的日子过得比野兽还要坏。"

他鼓足勇气去见主神宙斯，请求宙斯把火赐给人类。

"连一丁点儿火星我也绝对不给！"宙斯说，"不给就是不给！"

普罗米修斯下定决心要帮助人类。他转身走了，永远离开了宙斯和众神。

当他在海边行走时，发现那里长着一根芦苇，他将芦苇掰开，看见它是空心的，中间尽是干燥柔软的绒髓，这种绒髓一旦点

冰淇淋大游行

着了，就会慢慢燃烧而且保持很长时间不会熄灭。他拿了这根长芦苇秆，向太阳居住的遥远的东方走去。

"人类必须有火！"他说。

天刚刚亮，他就到达了太阳所在的地方。当时，那颗金光灿烂的球体正好从地面升起,开始在天空中的旅行。普罗米修斯把长芦苇秆的一端触到火焰,绒髓点着了,慢慢地燃烧起来了。他揣着那个宝贵的火种赶回出发前的地方。

他把几个冷得发抖的人从山洞里叫出来,为他们生了火,教他们用火取暖的方法。不久,人们家里都燃起了欢快的火焰,男男女女围在火的周围,得到了温暖和幸福。他们感谢普罗米修斯从太阳那里带来的这份神奇礼物。

过不多久,人们学会了吃熟食,不再像禽兽那样吃生食,紧接

着,他们开始抛弃掉野蛮的原始习惯,从原来他们蜷居的阴暗角落里走了出来,到户外明亮的阳光下。他们为开始了新的生活而感到高兴。

随后,普罗米修斯把许多本领都教给了人们,教他们怎么抵御冬天的风雪和林中野兽的侵袭。后来,他又教他们如何开采矿石、冶炼铜铁,以及用铜铁铸造耕种所需要的工具和打猎用的武器。人们的生活变得一天比一天幸福了。

一天,宙斯偶然俯视大地,看见火在燃烧,人们有房子住,牛羊在山上吃草,五谷在地里生长。

这一切使他十分震怒。

"这都是谁干的?"他问道。

有人回答:"普罗米修斯!"

"什么!"他叫道,"好啊,我要用一种办法来狠狠地惩罚他。"

宙斯命令手下的两个侍从——"威力"和"暴力"去逮捕普罗米修斯,把他押解到高加索山的最高峰上,用铁链捆住他的手脚,缚在峭壁上。

普罗米修斯这个人类伟大的朋友,这个曾经把火带给人类、使人类脱离了苦海、教会了人类怎么生活的伟大英雄,如今却身缠铁链被拴在崖上。狂风终日在他身

边呼啸,冰雹敲打着他的面庞,凶猛的大鹰在他耳边尖叫,用无情的利爪撕裂他的肌体。普罗米修斯忍受着这一切苦痛而不哼一声,决不乞求仁慈,决不对自己做过的事说一句懊悔的话。

一年又一年,一个世纪又一个世纪,普罗米修斯一直被捆在那里。

太阳车的神驭手老赫利俄斯不时往下看着他,同情地微笑着,让成群的鸟不时把远方的消息传送给他。大洋里的仙女们来了,唱美妙的歌给他听。人们时常用感激的目光仰望着他,对那个把他拴在那里的暴君大声呼叫,表示抗议。

几个世纪过去了。一位名叫海格立斯的英雄终于来到了高加索。他不顾宙斯可怕的雷电霹雳和吓人的风雹雨雪，爬上了大山，在峻峭的悬崖上把那些长期折磨着普罗米修斯的大鹰杀死。他猛力一击，敲断了捆在普罗米修斯身上的镣铐，将伟大的英雄救了下来。

# 诺亚方舟的故事

《圣经·创世纪》

传说上帝造了亚当与夏娃,亚当夏娃由于偷吃禁果,被逐出伊甸园。多年后,他们有了后代。有一次,亚当之子该隐诛弟,揭开了人类互相残杀的序幕。人世间充满着强暴、仇恨和嫉妒,只有诺亚是个义人。上帝看到人类的种种罪恶,愤怒万分,决定用洪水毁灭这个已经败坏的世界,由于不想把自己造出来的所有生命都毁灭，于是就决定只留下诺亚一家。
上帝要求诺亚用歌斐木建造方舟，并把方舟的规格和造法传授给诺亚。此后，诺亚一边赶造方舟，一边劝告世人悔改其行为。诺亚在独立无援的情况下，花了整整一百二十年的时间，终于造成了一只庞大的方舟，并听从上帝的话，把全家八口搬了进去，各种飞禽走兽也一对对赶来，有条不紊地进入方舟。七天后，洪水自天而降，一连下了四十个昼夜，人群和动植物全部陷入没顶之灾。除诺亚一家人以外，亚当和夏娃的其他后代都被洪水吞没了，连世

冰淇淋大游行

界上最高的山峰都低于水面七米。

上帝顾念诺亚和方舟中的飞禽走兽，便下令止雨兴风，风吹着水，水势渐渐消退。诺亚方舟停靠在亚拉腊山边。又过了几十天，诺亚打开方舟的窗户，放出一只乌鸦去探听消息，但乌鸦一去不回。"天下乌鸦一般黑"就是由此而来。诺亚又把一只鸽子放出去，要它去看看地上的水退了没有。由于遍地是水，鸽子找不到落脚之处，又飞回方舟。七天之后，诺亚又把鸽子放出去，黄昏时分，鸽子飞回来了，嘴里衔着橄榄叶，很明显是

从树上啄下来的。诺亚由此判断,地上的水已经消退。后世的人们就用鸽子和橄榄枝来象征和平。

 牵手阅读

原始时代,生产力水平十分低下,科学不发达,面对难以捉摸、无法控制的自然现象,人们显得无能为力,所以对自然界就产生了一种神秘和敬畏的感觉,但同时人们又要认识自然,战胜自然,对自然现象做出解释。于是,人们就把无法解释的一切都归于神的

意志，幻想出超自然的神灵和魔力。神话由此产生。本单元精选的几篇脍炙人口、广为流传的神话故事看似写神，实际上讴歌了人民群众勤劳善良、机智勇敢的美德，鞭挞了自私狭隘、不为他人着想的丑恶行径。阅读这些神话故事，可以从中汲取积极向上、不懈奋斗的进取精神，感受那多彩、瑰丽、奇特的神话世界，可以陶冶情操、丰富内心，激发追求自由和幸福生活的热情。

## 直面困难与逆境

**面**对困难,身处逆境,怎么办? 首先要努力寻找办法,其次还应树立信心。不要怨天尤人,不要自暴自弃;要百折不挠,坚韧不拔,勇敢面对困难与不幸,因为只要你拥有智慧,"没有比脚更长的路,没有比人更高的山"。智慧是一个小魔袋,袋子很小,却能从里面取出很多东西来,甚至能取出比袋子大得多的东西。当你一旦战胜困难,勇敢正视逆境的时候,你会发现原来"山重水复疑无路"的你,此时已是"柳暗花明又一村"了。

# 玛莎和大黑熊

**俄罗斯民间故事**

从前有一个老爷爷和一个老奶奶,他们有一个孙女,名叫玛莎。

有一回,伙伴们准备到森林里去采蘑菇和浆果。她们来找玛莎一起去。

"爷爷,奶奶,"玛莎说,"让我跟伙伴们一起到森林里去吧!"

爷爷和奶奶回答说:"去吧,不过要注意别落在伙伴们的后头,不然,你会迷路的。"

姑娘们来到森林里,开始采蘑菇和浆果。瞧,玛莎走过了一棵大树又一棵大树,绕过了一丛灌木又一丛灌木,远远地离开了伙伴们。

她叫起来,呼唤伙伴,可是她们没有听见,没有答应她。

玛莎在森林里走啊走啊——她完全迷路了。

她走进了密林深处,看见了一所小木房。玛莎敲了敲门,里面没有人。她推了推门——门开了。

玛莎走进小木房,在靠窗户的一个长凳上坐了下来,心里说:"谁住在这儿呢?为什么见不到一个人?"

在这所小木房里住着一只大黑熊。不过,当时他没在家,到森林里去了。晚上大黑熊回来了,一见到玛莎,就高兴起来。

"啊哈!"大黑熊说,"现在不放你走了!你要住在我这儿,生炉子,煮粥给我喝。"

玛莎发起愁来,伤心了一阵儿,但是没有办法,只好住在大黑熊的小木房里。

大黑熊整天跑到森林里去游荡,可是却叮嘱玛莎不要趁他不在家时走出小木房。

"如果你逃走——"大黑熊说,"我反正会捉住你,那时我就把你

吃掉。"

玛莎心里想怎么从大黑熊那里逃跑呢?周围都是森林,该朝哪个方向走呢?她不知道。问路吧,又没人可问……

她想啊,想啊,终于想出了一个主意。

有一天,大黑熊从森林里回来,玛莎对他说:"大黑熊啊大黑熊,让我到村里去一天吧,我有一些礼物送给爷爷奶奶。"

"不行!"大黑熊说,"你在森林里会迷路的。把礼物交给我,我亲自送去!"

这正合玛莎的心意。

玛莎烤了许多小馅饼,拿了一只很大的背篓,对大黑熊说:"瞧,我把馅饼装在这只背篓里,你给爷爷奶奶送去吧,但是要记住,路上不许打开背篓,不许把馅饼拿出来。我要爬到橡树上看着你!"

"行,"大黑熊回答说,"把背篓给我吧。"

"你先到台阶上去看看下没下雨!"

等大黑熊一走出去,玛莎马上钻进背篓里,把一个盛着馅饼的盘子放到了自己的头上。

大黑熊回来后,见背篓已经准备好了,就把背篓往身上一背,

朝村子走去。

大黑熊穿过云杉林,在桦树中间走着,下了谷地,爬上山岗。他走啊,走啊,走累了,就说:"我要坐在树桩上,吃些馅饼充肚肠!"

玛莎在背篓里说:"我看得真切!馅饼要送给奶奶和爷爷!你别坐在树桩上!别拿馅饼充肚肠!"

"瞧,多好的眼力!"大黑熊说,"什么都看得见。"

他背起背篓又向前走去。他走啊,走啊,停住了,坐下来,说:"我要坐在树桩上,吃些馅饼充肚肠！"

玛莎在背篓里又说："我看得真切！馅饼要送给奶奶和爷爷！你别坐在树桩上，别拿馅饼充肚肠！"

大黑熊十分惊讶，说："真是太厉害了！坐得高，看得远哪！"

大黑熊站起身，更快地向前走去。

大黑熊进了村，找到了爷爷奶奶住的家，使出全身力气敲起门来，笃笃笃！

"开门，开门，我给你们送来了玛莎的礼物。"

几条狗闻到了熊的气味，一齐

朝他扑了上去。别家的狗也都汪汪叫着跑来了。

大黑熊吓坏了,把背篓往门口一放,头也不回地拼命朝森林跑去。

"背篓里装的是什么呀?"奶奶问。

爷爷掀开篓盖一看,连自己的眼睛都不敢相信了:玛莎坐在背篓里——又活泼,又健康。

爷爷奶奶高兴得不得了,他们搂住玛莎,吻她,夸她是个聪明勇敢的孩子。

# 狮子狐狸和狼分肉

佚名 著

狮子、狐狸和狼交上了朋友。有一天,这三个伙伴一起出去猎食,一共抓到一头驴、一只兔子和一只野羊。回来以后,狮子问狼:"你看这些东西怎么分?"

狼老老实实地说:"那好办,这是明摆着的:毛驴分给你,兔子给狐狸,野羊就给我吧!"

狮子对他这种分法很不满意,一气之下,当场就一口把狼咬死,还

把狼的脑袋揪了下来。然后，它又问狐狸："你看该怎么分呢？"

狐狸摇了摇尾巴，回答说："这是再简单不过的了：毛驴给你中午吃，野羊给你晚上吃，兔子留给你下午当点心。"

狮子对狐狸的这种分法很满意，就对它说："瞧，你有多聪明！是谁教会你这样分的？"

狐狸告诉它："勇敢的狮子啊，我一看到狼的脑袋和身子分了家，马上就聪明起来了！"

# 聪明的兔子

[美国] 乔埃尔·钱德莱·哈里斯 著

兔子总是捉弄狐狸,狐狸对此十分恼火,总想把兔子抓住,但是每次都被它巧妙地溜走了。

这次，狐狸下定决心，要狠狠地报复一下兔子，以解心头之恨。于是，它跑到很远很远的地方，取来一些柏油与松油，把它们调和在一起，使其具有很强的黏性，然后用它们制成一个小玩意儿，狐狸称之为"柏油娃娃"。

它把这只柏油娃娃放在大路边，自己躲进了路旁的灌木丛里，看着兔子上当。

没等多久，它就看见兔子蹦蹦跳跳地从大路的那一边跑来了。兔子一边跑，一边像一只小鸟那样唱着。

狐狸悄然无声地卧在灌木丛里。兔子仍然蹦蹦跳跳地跑着。

最后，它看见了那只柏油娃娃。它吃惊地停了下来，坐在两只后腿上看着柏油娃娃。柏油娃娃一动不动地坐在那儿，狐狸也一声不吭地躲在灌木丛里。

"早上好！"兔子对柏油娃娃说，"今天早晨天气好极了。"

柏油娃娃没有回答，狐狸还是躲在灌木丛里。

"你是否觉得有些不舒服？"兔子接着问，"你感觉怎么样？"柏油娃娃还是没有回答。狐狸眨了眨眼也没说什么。

"你是聋子吗？"兔子喊了起来，"如果你是一个聋子，我就叫得更响些。"柏油娃娃仍然没有任何反应,狐狸在抿着嘴暗自发笑。

"我要教你如何得体地和有身份的人讲话!"兔子对柏油娃娃说,"假如你不说声'你好',我就在你的鼻子上打一拳,把你的鼻子揍成两半。"柏油娃娃没有吭声,狐狸静静地卧在灌木丛里。

兔子还在和柏油娃娃不停地说着,可柏油娃娃就是没有反应。这下兔子真火了,它抬起前爪,握成一个拳头,啪的一声,一拳打在了柏油娃娃的头上。这下兔子可犯了个大错误,它的前爪给紧紧地粘住了,再也拉不下来了。柏油娃娃还是一声不响,狐狸依旧躲在那儿。

"如果你不松开我,"兔子大声地说,"我又要揍你啦。"说着,它举起另一只前爪,朝柏油娃娃打去。当然喽,这只前爪又给粘住了。

"快把我松开!否则的话,我要把你踢个四脚朝天!"兔子怒气冲冲地吼道。

可柏油娃娃只是紧紧地抓住它,还是一言不发。

于是,兔子先用一只脚朝柏油娃娃踢去,然后又用第二只脚踢去。可想而知,兔子的两只脚都给粘住了。这下,兔子气得暴跳如雷,可是它的四只爪子全都给柏油娃娃粘住

了。这时,狐狸还是一声不响地藏在灌木丛里。

"如果你再不把我松开,"兔子声嘶力竭地高声叫了起来,"我就要用我的头把你撞个稀巴烂!"话音未落,它就用自己的头拼命地向柏油娃娃撞去,可是它的头也给牢牢地粘住了。

这时,狐狸才慢悠悠地从灌木丛里走了出来,装得像一只小鸟那样天真无邪。

"你好!兔子老弟,你今天早晨怎么啦?怎么会粘在这儿?"

说完,它便捧腹大笑起来,笑得在地上直打滚。

最后，它再也笑不动了。它对兔子说："嘿，这次我总算逮住你了，你这个恶棍！平时你总是变着法子捉弄我、取笑我，这回我可要好好地教训教训你。"

兔子一言不发，因为它的四只爪子与头都被那只柏油娃娃粘住了。

"谁叫你上这儿来结识这样一个柏油娃娃的？"狐狸幸灾乐祸地问，"又是谁让你这样被粘住的？没有人，世上没有一个人叫你这样做，是你自己找上门来把自己粘在柏油娃娃身上的。嘿，我今天可要开荤了。我要先弄一堆树枝来，然后点起一堆火，我要美美地吃

上一顿烤兔肉。"

兔子全身粘在柏油娃娃身上,只得低声下气地对狐狸说:"狐狸老兄,你把我弄成什么样子,我并不在乎,可请你千万不要把我推入荆棘丛里。"

狐狸想了一会儿。"点一堆火倒是件麻烦事。"它说,"我想最好还是把你吊在一棵树上。"

"你愿把我吊多高就吊多高吧,"兔子对狐狸说,"只要你不把我推入荆棘丛里。"

狐狸又考虑了一会儿。"我没有吊死你的绳子,"它说,"因此我要把你扔进小河里淹死。"

"你把我扔到多深的河里都行,"兔子说,"只要你不把我推入荆棘丛里。"

"哎,可这儿没有多少水呀!"狐狸环顾四周,看了一会儿说,"因此我想还是把你的皮剥了吧。"

"你剥吧,剥吧,"兔子又说,"你爱怎么剥就怎么剥吧,把我的尾巴、耳朵或者我的毛扯下来都可以,只要你不把我推入荆棘丛里。"

当然喽,狐狸想用最毒辣的手段惩罚兔子,兔子越是害怕的事,它越是想做。于是,它打定主意,抓住兔子的后腿,用尽全身力气把它从柏油娃娃身上扯了下来,随后把它扔进了荆棘丛中。

狐狸把兔子扔进了荆棘丛里之后,在旁边等候了一会儿,考虑着下一步该做些什么,可是兔子早就悄悄地逃走了。

过了一会儿,狐狸听到有个声音在叫它,便匆匆跑上小山。只见兔子坐在一根圆木上,正在用一把木梳把粘在毛皮上的柏油梳去呢。狐狸见到之后,气得七窍生烟。

兔子得意扬扬地对狐狸说:"狐狸老兄,我是在荆棘丛里出生、成长起来的啊!"说完,它就如一只蟋蟀那样,蹦蹦跳跳地离开了。

# 狼和小山羊

佚名 著

有一只山羊妈妈独自养育着几个孩子。小山羊还很小,每天吮吸着妈妈的奶水,慢慢地长大。为了让小山羊每天都能吸到可口的奶水,山羊妈妈必须吃柔嫩美味的青草。

因此,每天早上让小山羊吸饱奶汁之后,山羊妈妈就必须出去吃草,这样只能暂时把小山羊留在家里。这时,山羊妈妈可担心了,

因为在附近的森林里住着一匹狼,它有时会在这一带出没。山羊妈妈终于想出了一个好点子,它一再叮嘱小山羊说:"为了你们的安全,你们一定要十分小心,没有听到'狼和它的全家都去死吧'这个暗号,千万不能开门!"

恰好有一匹狼从门外路过,它听到了这句暗语,并记在心里。等看不到山羊妈妈的背影了,狼就滴着口水敲了敲门,并学着山羊妈妈温柔的声音喊道:"狼和它的全家都去死吧!"它以为这样,自己就能骗小山羊开门。

小山羊听到这个暗号后,刚要

直面困难与逆境

把门打开,可是又觉得有点奇怪,那声音和妈妈温柔的声音好像不太一样。小山羊小心翼翼地透过门缝往外看,并说:"把白蹄子伸出来给我们瞧一下,不然我们是不会开门的。"白蹄子可是个关键,要知道狼是没有白蹄子的。狼被这话难住了,不得已只好夹着尾巴饿着肚皮灰溜溜地跑了。

 牵手阅读

假如小山羊不够机智轻信了狼所掌握的那句暗语开了门,那后果将不堪设想。处处留心保安宁,

尤其对弱者来说，更要加倍小心。寓言故事，就像一株古老的长青藤，绵延萦绕着我们每个人的童年。虽然时间很久远，篇幅很短小，但是浅显的小故事中常常闪耀着智慧的光芒，爆发出机智的火花，蕴含着深刻的寓意。人生总免不了要面对危险，只要你能沉着冷静地去面对，去克服，淡定从容的心境就会为我们展开！面对一切坎坷和波折时，要保持一份淡然的心态，成功时不必大喜，失败时也不会大悲。让所有的不快都化为云烟，把一切烦恼都抛诸脑后，像长青藤一样，有着

一种百折不挠、执着追求的坚定信念,有着崇尚自由、深沉含蓄、不动声色却又执着向上的精神。发挥自己的聪明才智,才能堆砌起永恒不败的堡垒。

# 活到现在的"从前"故事

古老而经典的故事,在历史长河中犹如一颗颗璀璨的明珠散发着耀眼的光芒。这些故事像一只只神鸟,张开五彩的翅膀,带领我们飞向广阔而神奇的天地。它们能够丰富我们的心灵世界,开阔我们的视野,潜移默化地塑造我们乐观、坚强的健康性格,养成我们机智、勇敢、坚强的优秀品质。这些故事,曾经陪伴着一代又一代人度过他们的童年,现在它们正热情地向我们招手,让我们在神奇的故事里畅游吧……

# 神鸟

### 中国民间故事

从前有个国王,病得很厉害。医生告诉国王的两个儿子说:"最贵重的药也治不好国王的病。听说七峰山上有只神鸟,国王一听神鸟唱歌,病就会好了!"

大王子说:"捉一只鸟还不容易,我去!"

大王子走了许多路,来到七峰山脚下,碰见一个种地的老爷爷,

白眉毛,白胡子,穿了一身破烂的衣服。

"老头儿,神鸟在哪儿?"

老爷爷看了大王子一眼,说:"七峰山,七座峰,神鸟就在第七峰。啊,你是来捉神鸟的?这可不容易啊!神鸟半夜才飞来,停在峰顶的一棵大树上,先唱歌,后梳毛,要是它的羽毛掉在你身上,你就会变成一块大石头……"

"你这老头儿真啰唆!"大王子不等老爷爷说完话,转身就上山去了。

再说小王子,等了一个月,不见哥哥回来,等了两个月,还不见哥哥回来。国王的病越来越厉害了。他就带上干粮,也去捉神鸟了。他走了许多天,来到七峰山脚下,也碰见了那个老爷爷。

"老爷爷,请问,您知道神鸟在哪儿吗?"

老爷爷朝着小王子看了又看,说:"两个月以前,你不是来过了吗?"

小王子一听,明白了:"老爷爷,您认错人了。两个月以前来的是我哥哥呢。"

老爷爷呵呵地笑了起来,说:"怪不得模样挺像呢。你听我说:'七峰山,七座峰,神鸟就在第七峰。神鸟半夜才飞来,停在峰顶

一棵大树上，先唱歌，后梳毛，要是它的羽毛掉在你身上，你就会变成一块大石头……'"

小王子听到这里，哇地哭了起来："我哥哥一定是变成大石头了。"

"别哭，别哭。你能捉住神鸟，你哥哥就有救了。"老爷爷拿出一把小刀和一只石榴，递给小王子，对他说："你爬上峰顶，找到大树，就再也不可以睡觉了。你要是瞌睡，就用小刀在胳膊上划个小口子，把石榴的汁水挤进去，这样，你就不会睡着了。"

小王子谢了老爷爷，爬上第七峰的峰顶，找到那棵大树，树下真的有块大石头,这就是他哥哥大王子啊!小王子爬了一天山,累坏了,天刚刚黑下来,就瞌睡了。他赶快用小刀在左边胳膊上划了一个小口子,把石榴的汁水挤了进去,好疼啊!这一疼,就把瞌睡赶跑了。快半夜了,他又瞌睡起来,连忙用小刀在右边胳膊上划了一个小口子,把石榴的汁水挤进去,挤了好多,可把他疼死了。这时候,神鸟飞来了,在树顶绕了几圈,在树梢停了下来,仰着头唱歌了。神鸟唱歌的时候,它的羽毛一会儿变成蓝色,一会儿变成绿色,一会儿变成黄色,一会儿又变成

红色,好看极了!神鸟唱完歌,就梳理羽毛了,一根羽毛飘啊飘下来。小王子还好醒着呢,一闪就把身子闪开了。神鸟梳完羽毛,就在树梢上安安静静睡觉了。小王子轻手轻脚爬到树梢上,把神鸟捉住了。

小王子请求神鸟:"神鸟,神鸟,请你唱支歌,救救我哥哥。"

神鸟唱了一支歌,大石头一翻滚,又变成大王子了。

大王子羞得脸蛋像个红萝卜,跟着小王子回王宫去。后面的事情,小朋友猜得出来了,就不说了。

# 皇帝长着兔耳朵

佚名 著

从前有个皇帝,不管天冷天热,整天戴着一顶很大很大的帽子。这是为什么呀?原来他长着两只又长又尖的兔耳朵,难看极了。戴上这顶很大很大的帽子,把兔耳朵藏在里面,谁也看不见了。

可是皇帝得理发呀!总不能戴着帽子理发呀!理发师傅来到皇宫里,摘下皇帝的帽子一看,啊,皇帝的耳朵又长又尖,难看极了。嚓嚓嚓,嚓嚓嚓,理发师傅给皇帝理完了发,皇帝就把他杀了。皇帝一个月理一次发,也就一个月杀一个理发师傅。

有一次,轮到一个年纪很大的师傅去给皇帝理发,这个师傅正好生病,就让他的小徒弟去了。

小徒弟理完了发,皇帝问他:"你理发的时候,看见什么没有?"

小徒弟说:"没有啊,我什么也没看见。"

皇帝听了很高兴,没有杀他,还给了他十二块钱。从这以后,小徒弟每个月到皇宫里去给皇帝理一次发,每次都拿到十二块钱。可是这个小徒弟看见了这么一件怪事,不能说出来,心里闷得慌,整天愁眉苦脸的。

老师傅问他:"你心里有什么不痛快的事?说出来给我听一下。"

"不,我不能说,这件怪事,不管是谁,都不能告诉他。"

老师傅想了想说:"这样吧,你把你心里的秘密告诉大地,大地是不会说话的,就不会把这个秘密再告诉别人了。"

小徒弟觉得老师傅说得对,就在半夜悄悄地跑到田野去,在地上挖了一个洞,朝着洞口轻轻地说:"大地,大地,我告诉你,有个人长了两只兔耳朵,这个人就是皇帝。"他把心里的秘密说了出来,就觉得很痛快了,回家去睡了个好觉。

过了几天,在小徒弟挖洞的地方,长出一棵树来。有个小孩子走过那里,随手摘了一片树叶做哨子,说也奇怪,这哨子吹出来的声音是:"皇帝长着兔耳朵!"

这件怪事一传开,大人小孩都来摘树叶做哨子,吹出来的声音都是:"皇帝长着兔耳朵!"这一来,没几天,全国的人都知道皇帝长着兔耳朵了。

皇帝知道了这件事,气得直吹胡子,他把小徒弟叫了来,对他说:"你把我长兔耳朵的事告诉了人家,我要杀你的头!"

小徒弟说:"我没告诉过人家,

我只告诉了大地。"

皇帝不相信,就亲自带了人马到田野去,找到那棵树,小徒弟摘下一片树叶做成哨子,递给皇帝:"皇上,您吹着试试。"

皇帝接过来一吹,天哪,哨子吹出来的声音就是:"皇帝长着兔耳朵!"

皇帝气得要命,可是也没办法,他心里想:丑事是瞒不了人的啊!反正全国的人都知道我长着兔耳朵了,我要这顶帽子干吗?他把头上那顶很大很大的帽子摘下来,扔在地上,又狠狠地踢了一脚,那顶帽子骨碌一滚滚到臭水坑里去了。

# 猫和老鼠

### 中国民间故事

很久很久以前,老鼠和猫是好朋友,他们一起住在一个岛上。那时候,他们的日子过得挺快乐,猫在树上捉鸟吃,老鼠呢,在地上啃树根吃。

一天,老鼠对猫说:"我不想再在这岛上住了。我们一起走吧!我们可以找个村子去住,那里你不捉鸟也有吃的,我也不用啃树根了。"

"那该多舒服啊!"猫听老鼠这

么一说,就同意了,"可是我们怎么渡过海去呢?"

老鼠说:"这可方便了,我们找段树根,做只小船嘛。"

于是,猫和老鼠掘了一段树根,开始做船了。

老鼠用他的尖牙齿啃啊，啃啊，把树根中间啃空了，正好装得下他们两个好朋友。猫也没闲着，抓呀，抓呀，把树根外面抓得光溜溜的。他们又做了两把小桨。这样，他们就坐上船出发了。

他们出发的时候，忘了带上吃的东西，不久，猫就喵呜喵呜叫了起来，意思是说："我饿了，我饿了！"老鼠也吱吱吱吱叫了起来，意思是说："我饿，我饿！"

可是光叫有什么用呢？他们越来越饿了。"喵呜，喵呜……"猫的叫声越来越轻，已经叫得没有力气了,最后他蜷作一团躺下了。

"吱吱,吱吱……"老鼠的叫声也越来越轻,最后他在船的另外一头躺下睡了。

不久,猫睡熟了。老鼠却躺在那里想心思。突然,他想起这船是树根做的:"好啊,我再来啃一点。"

于是,他开始啃,啃,啃!

猫给吵醒了,问:"这是什么声音啊?"

老鼠赶快闭上眼睛,假装睡熟了。

"唉,我一定是在做梦吧!"猫用脚掌垫着脑袋,又睡熟了。

老鼠又开始啃，啃，啃！
猫又给吵醒了，问："这是什么声音啊？"
老鼠还是假装睡熟了。
"真是个怪梦！"猫又蜷作一团睡了。
老鼠又拼命啃，把猫吵醒了。
"这是什么声音啊？"
老鼠早就假装睡熟了。
"我做的梦真讨厌！"猫用脚掌遮住眼睛，又睡熟了。
于是，老鼠又啃了起来，这回把船底啃出个洞来，水从洞里涌进来了。
"这是怎么回事？"猫嚷着跳了

起来。

"吱吱,吱吱,吱吱!"老鼠蹲在船的另外一头。

"喵呜,喵呜!"猫叫着爬到那一头去,因为他很怕水。

"都是你不好,都是你不好!"

老鼠说:"我,我实在太饿了。"

船开始往下沉了,他们只好先逃命,在水里拼命地游啊,游啊……

猫瞪起眼睛,对老鼠说:"我非把你吃了不可!"

老鼠说:"我真该死,不过你现在别吃我,因为你一张嘴,水就会把你呛死的。等我们游到岸上再

说吧。"

后来，他们游到了岸上。

猫说："现在，该我吃你了。"

老鼠说："说得对，说得对！不过现在我全身都是水，并不好吃。不如让我先晾干了，你再吃我。你呀，也得把自己的毛晾一晾。你把自己的毛晾干的时候，我身上也就干了。"

于是，他们就坐了下来，各晾各的。猫一心要让自己美丽的毛早点晾干，没留意老鼠在他后面忙着打地洞。

最后，猫把自己美丽的毛晾干了，转过身子对老鼠说："你也干了吗？"

"对呀！"老鼠刚说完这两个字，就钻进地洞不见了。

"你这坏东西！"猫气得大骂起来。地洞的洞口很小，刚好够老鼠钻进去，猫的个儿大，钻不进去。

"吱吱，吱吱！"老鼠在地洞里叫着。

"你别想再出来！我待在这儿不走，你要是出来，我就吃了你。"

"要是我永远不出来呢？"

"那你就活该在洞里饿死！"

这老鼠在地洞里不停地打着洞。猫在洞口守了一整天，老鼠在地洞里打了一整天的洞。天黑下来的

时候,老鼠把地洞打得很深很深,穿过一根树根,慢慢地从大树的那一边钻出来了。猫还在洞口守着呢,老鼠已经跑到村子里去了。

从那时候起直到现在,猫一听到老鼠啃东西的声音,就会醒过来,逮住了老鼠,就把他吃掉。

## 胆小鬼

[苏联] 阿尔丘霍娃 著　江礼海 译

瓦尼亚胆子很小，害怕老鼠，害怕青蛙，害怕蜘蛛，甚至连毛毛虫也害怕，大家都叫他"胆小鬼"。

有一天，孩子们在街头的大沙堆上玩，男孩子们用沙堆成堡垒，玩打仗的游戏，而瓦尼亚则和自己的小弟弟安德留沙在边上给洋娃娃做饭。为什么不在一起玩呢？男孩子们不要他们——瓦尼亚是"胆小鬼"，安德留沙打仗又派不上

用场，因为他刚刚才会爬着走。

突然，响起了叫喊声：

"长毛狗，长毛狗挣脱链子了！长毛狗来了！"

"长毛狗，长毛狗！大家当心……"

孩子们扭头一看，撒腿向四处跑去，瓦尼亚跑进旁边的小花园，砰地推上了栅栏的小门。

沙堆上只剩下小安德留沙一个人，四肢着地能爬多快呀？他跌坐在沙筑成的堡垒上，吓得哇哇大哭，那凶恶的狗正朝他跑来。

瓦尼亚忘记了一切，飞快地从栅栏门里冲到沙堆上，一只手抓起小铁铲,另一只手抓起为洋娃娃做饭的小煎锅,挺身站在堡垒前面,用身子护住安德留沙。

长毛狗穿过草坪,冲着瓦尼亚凶狠地扑来。它没有吠叫,只是不住地打着响鼻。正当它张嘴龇牙,刚要扑到跟前时,瓦尼亚猛地把煎锅朝它掷去,随即又扔铁铲,并拼尽全力喊叫:

"滚,滚一边去!"

"啊呜,啊呜!长毛,快停下!"这当儿,看守人跑过来,一下子冲到瓦尼亚前面,把狗挡开了。听到主人的声音,长毛狗停住脚,摇起尾巴来,看守人给它套上脖链,牵着离去了。

街头上恢复了先前的平静,孩子们从各自躲避的地方钻了出来:这个从栅栏后面,那个从土沟里……慢慢都回到堡垒跟前。小安德留沙已经坐起身,一边笑着,一边用两只脏手抹去脸上的眼泪。

谁知,瓦尼亚却哽咽着大哭起来。

"你怎么啦,被狗咬伤了吗?"孩子们关心地问道。

"不!"瓦尼亚低声回答,"它没有咬我……我真是害怕极了!"

 **牵手阅读**

小故事,大人生。一个故事,如一盏明灯,指引着我们前进的方向!《神鸟》用生动形象的语言告诉我们什么是美,什么是丑,什么是善,什么是恶,给我们智慧,给我们勇气,给我们插上理想的翅膀。《皇帝长着兔耳朵》启迪我们有缺点不要去掩饰,不要自欺欺人,要勇敢去面对。《猫和老鼠》呈现了做事没有诚信、贪得无厌的结局,警示我们不能轻易相信别人的花言巧语,要诚实待人。《胆小鬼》中,瓦尼亚不顾一切保护弟弟

小安德留沙的举动深深震撼了我们每个人的心。这些感动心灵的小故事,如月色一样柔和,如野花一般芬芳,如一缕缕春风拂过心田,指引我们如何做自己,如何与他人相处,如何去面对生活,如何超越、战胜自我。心灵沐浴在智慧的阳光里,我们体味关爱,感悟成功,分享感动,享受宁静。手捧一本佳书,回味无穷,让我们在经典故事中感悟智慧人生,茁壮成长!

# 做动物的朋友吧

在我们生活的地球上有很多可爱的动物朋友！鱼儿在辽阔的海洋中欢快地游弋，羊儿在青青的草地上迅捷地奔跑，牛儿在宽广的大地上悠闲地散步，鸟儿在蔚蓝的天空中自由地飞翔……它们犹如我们生活中的一道道美丽的风景线，为我们上演一幕幕精彩的画面。如果说人与人之间的相处，可以收获友谊和快乐，那么人与动物的相处，会带给你心灵的震撼。还等什么，一起去感受与它们成为朋友的快乐吧！

# 欢迎归来,旅行者

[美国] 乔治·库奇 著  王贤 译

每年春天,杰里都在等待大雁,他喜欢听它们从农场上空飞过时的鸣叫声。它们看上去是多么野性、多么自由自在啊!它们正在赶路,要飞往北方的夏日之家。

在秋天,杰里看到了大雁,并听到了它们的鸣叫,它们正在赶路,要返回在南方的冬日之家。

杰里的父亲饲养鸭子和鹅,但是,

这些家禽又肥又懒。杰里更喜欢野生的，他希望有一只大雁。

一年秋天，他发现了一只！它躺在河边的地上，有个猎人射中了它的翅膀。

起初，杰里以为这只大雁已经死了，但当他碰它时，它睁开了眼睛。

杰里捡起那只大雁，带回家去，他的母亲看到大雁时说："可怜的旅行者！你必须待在这儿休息很长时间了。"

"旅行者！"杰里说，"我就这么叫它了。母亲，我可以喂养它吗？"

"可以。"他的母亲说，"把它放进

马厩,给它吃水和麦麸煮成的饲料。它可以和我们待在一起,直到它完全好了。"

几天后,旅行者便可在农场各处走动了,但它不能飞。它受伤的翅膀拖在地上。

大雁依然在飞过。杰里经常看到旅行者向上看着它们。它们鸣叫时,旅行者便以鸣叫作答。有一次,几只大雁飞下来看它,不过,它们一会儿就飞走了。

旅行者终于不再往上看了。它似乎在想:我不如就在这儿随遇而安吧。它整个冬天都待在农场里。

旅行者爱杰里。它从杰里手里取食吃,跟着杰里到处走动。它还是农场里的狗和猫的好朋友,甚至在小猫的母亲不在时充当临时保姆!

杰里的父亲想让旅行者挑一只农场里的鹅当配偶,但旅行者对它们之中的任何一只都不喜欢。

早春的一天,旅行者沿着小路走到邻家的农场。回来时,一只美丽的小个子灰鹅和它在一起!杰里的父亲为那只小灰鹅向那家农场的主人付了钱。杰里给它取名普里西。

普里西在一只大桶里筑了窝。它在窝里产了十只蛋。它一天又一天地卧在蛋上,使它们保持温暖。

旅行者留在它的旁边,力图将人们从窝边赶开,甚至连杰里也不让靠近。

旅行者和普里西轮流到河里去。旅行者不得不步行去,因为它的翅膀受了伤。

一天,旅行者正在洗澡,普里西在孵蛋。它一定以为它听到普里西在叫它了。它十分焦急地想要回到普里西那儿去,于是,它飞起来了。它的翅膀好了!对此,它看来与杰里一样感到惊讶。

从那一次以后,旅行者就在整个农场上飞来飞去了。大雁又能

飞了，杰里很高兴。不过，这孩子也在担忧。他知道，旅行者现在有可能想和大雁们一起飞走。

杰里想对了。那年秋天，旅行者听到首次飞越农场上空的大雁的叫声，它开始全身发抖，然后，它跟着大雁飞走了。

"再见，旅行者。"杰里悲哀地叫着，久久地望着天空。

当天晚上，普里西不肯吃东西。两天后，它病了。

它孤零零地卧着，低着脑袋。它的幼鹅现已长大，它还未同农场里别的鹅交上朋友。它在盼望旅行者归来。

三天之后,它真的回来了!大雁的呼唤是有力的,但它对普里西的爱也是强烈的。

　　看到普里西它是多么高兴啊!普里西看起来多么幸福啊!它的病马上就好了。它和旅行者一起到河里去溅水、玩耍。

　　旅行者已然拿定主意。现在它不只是随遇而安,普里西和杰里居住的农场对它来说就是最好的地方。

## 小土匪鬼脸

[美国] 阿诺·本杰森 著  文嘉 译

约翰·乔治走进厨房。

他哈哈大笑着说:"我还不是唯一让大鱼逃脱的人。"

他的妻子琼从洗涤槽旁转过身来,问:"还有谁会这么干呢?"

"你的浣熊。"约翰说,"他在小河里抓到一条大鱼,可鱼就从他的爪子下溜掉了!"

"好啊!"琼说,"这可能会让他懂得,他不能想有什么就有什么！"

小土匪浣熊"鬼脸"是琼的宠物。她是在森林中发现他的,他饥寒交迫,独自一个在那里。琼用奶瓶养了这只浣熊崽子。这小家伙多么喜欢热牛奶啊！

现在,鬼脸已经长大,自由自在地来往,但他老待在房子附近。他看起来很喜欢人。

鬼脸还喜欢偷东西。一天夜里,约翰听到厨房里有响动。是啊,是鬼脸——在糖罐里！

又一天晚上,琼发现他在餐室里。他正想撕掉墙上的壁纸。

又有一天晚上,约翰和琼发

现他睡在他们的床上,只有他的头露在被子外面,在他的身下,他们发现了一些他偷来的薄脆饼干的碎渣。

鬼脸不只是看上去像个土匪,他真的是个匪徒!

约翰和琼都是写故事、写书的作家,但是,有那么一天,约翰却没有像通常那样写作。他有别的事情要做。

"我要去看望弗雷德·汤普森。"他对琼说,"你知道汽车钥匙在哪儿吗?"

"我想,在门廊的桌子上。"琼回答,"我不敢肯定。"

约翰刚走到门廊下,就见鬼脸跳到桌子上,用牙叼着车钥匙。

"把钥匙给我,鬼脸。"约翰说。

鬼脸瞥了约翰一眼,然后从桌子上跳下来,跑下门廊,爬上一棵高树!他从树顶向下望着,一只爪子上提着那串车钥匙。

"你这小土匪,下来!"约翰叫着,"那些钥匙不能吃,你要它们有什么用呢?下来!"

但是,鬼脸并没有下来。看起来他挺喜欢他待着的地方。

琼从房子里出来。她对着鬼脸大笑。

"别笑!"约翰说,"这没什么

可笑的。我需要那些钥匙。"

然后,他生出了一个想法。他说:"把浅盆装上一些水拿来。"

琼问:"为什么?"

约翰答道:"等一会儿就明白了。"

琼拿来浅盆,装上半盆水。约翰把浅盆放在门廊下的桌上,用手溅水。鬼脸在树上看着,听着。

约翰再次溅水。然后,他拉着琼的胳膊,说:"我们进里边去吧。"

约翰和琼从窗子里望着。鬼脸开始慢慢地从树上往下爬。而后,他爬得越来越快。他跑过草坪,跳上桌子,把钥匙浸进水里——提起来,放下去,又提起来,再放下去!"

"你早就知道他会这么干的,是吗?"琼问。

"当然了。"约翰说,"浣熊总是在水里洗食物。他们把找到的任何东西都泡在水里。"

约翰溜到鬼脸背后,从他那里抓过钥匙来。鬼脸向林中跑去了。

"你知道,"约翰说,"在发生这件事之后,我不想看到弗雷德了。我要写个故事。"

琼问:"关于什么的故事?"

"关于什么的故事?"约翰说,"那还用说吗?是关于鬼脸的,你的小土匪浣熊!"

# 和马在一起的日子

[美国] 杰克·理查德 著  王贤 译

今天,多数马是用来乘骑和比赛的,但在很久以前,我还是个孩子的时候,马大多数是用来拉东西的。

它们都是大马,适于干重活。它们拉犁,拉重物。这样的马被称为挽马。

挽马常常是两匹、四匹或六匹套在一起干活。互相匹配的几匹马套在一起干活是非常壮观的!那些马同样大小,同样的颜色,皮毛被梳理得闪光发亮。这些高大的动物一起走动,就像在跳舞。

我父亲驾驭并训练套在一起干活的挽马,我从他那儿学会了如何驾驭马匹。他向我指出,每匹马都各不相同,要想把马使得好,就需要了解每一匹马。

"不过,有些事对所有的马都是一样的。"他说,"在你走到马的身后之前,总是让它知道你在哪儿。你走进马的隔间之前,要给它为你让出地方的时间。当马突然受惊吓时,要很快走到它的脑袋旁边,抓住马嚼子。那是你能抓住受惊

做动物的朋友吧

的马的唯一地方,约翰。"

十三岁那一年的夏天,我在一个大农场干活。那农场有许多良好的挽马。我为能在那儿干活而感到高兴和自豪。

第一天,老板对我讲了十二匹马的名字。对每一匹马,他都有一些话可讲,诸如"莫利很懒,查布会把你向牲口棚的墙上推,巴斯特害怕大声地说话,斯塔总是试图带着新驭手狂奔"。

接着,老板说:"要下雨了,是种玉米的好天气。套上查布、多特、马斯特和斯莫奇去耙地。"耙可以弄碎大土块,使土地平整,适于播种。

老板看着我给每一匹马套上马具,然后把四匹马并排套到耙上,他让我赶着马到地里去,他一边跟着走,一边盯着我看。

潮湿的风吹着。马匹能嗅到暴风雨将临的气味。四匹马开始蹦跳、腾跃。不过,我知道该如何对付它们。

"好,"当我到达田里时,老板说,"你开始吧,我跟着你撒种子。"

这是我第一次真正赶着四匹套在一起的马干活,我手里抓着四条沉重的缰绳。我必须使马的四个大脑袋相齐。我必须看着每匹马都使上它该使的一份力气而不偷懒。我觉得我能干得了!

雨开始下起来,我把马掉过头来,让马尾部对着雨。我知道,没有一匹马是愿意面对暴风雨的。

接着,雨水变为冰雹。马是非常害怕冰雹的。

我从耙上面跳下来。老板抓住靠近一边的两匹马头部的缰绳,我抓住了另外两匹。我们站在马脑袋附近,直到暴风雨停了。

那对我来说真是奇妙的一天,我在干我喜爱的活,而且干得很好,我觉得自己像个男子汉了!

后来,我驾驭着套在一起干活的六匹马。在那个农场,六匹马的套法太多了。

我问老板,我是否可以把马成对地套在一起,分前、中、后套好。

"这种办法会使得他们更难驾驭,"老板说,"不过,可以试试。"

做动物的朋友吧

于是，我就那么办了。我训练一匹叫格斯的年轻的马，将其放在中间的一对里，和它一起的是一匹叫丹迪的老马。

一开始，六匹马拉得很好。后来，一条狗突然跑到格斯的身下，格斯用两条后腿直立起来，前腿落下时踩到了丹迪身上。所有的马都激动起来，企图狂奔。

我当时只有十三岁，但我知道该怎么办。我当即把犁深深插进地里，使马拉起来很费力。

"嚯，嚯，嚯！"我大声叫着，让马快点走。

六匹马齐步跑起来，费力地拉着。

我赶着他们一直走,直到累了为止。我知道,一定不能让它们干了错事而不受惩罚。

此后,它们再也没有给我添麻烦,甚至连格斯也吸取了教训。

那个农场是我工作过的许多农场中的第一个,我爱所有农场里的大马,但当我长大以后,机器开始代替了马的位置。

我喜欢小汽车,我照管我的小汽车如同照顾一匹马,但是,每当我走进车库时,没有东西会动。我不和汽车交谈,它也不到一边给我让开地方。它既不踢人,也不因为我在它的旁边而高兴。

干活的马的世界对我来说是美好的世界,我为看到它的消亡而难过。

人与动物的和谐相处,让我们感受到了世界的和谐、生活的快乐。因为人类的爱抚,因为人类的宽容,因为人类对动物如家人般的关爱,才有了那一幕幕感人的画面。本组的三篇文章皆是描写人与动物如何相处的。通过一个个动人的小故事,我们体会到了人与动物之间那种朋友般、家人般的亲密和谐。试想:如果没有人类的救助,也许就没有大雁的生存,更没有它与杰里的深厚感情;如果没有浣熊鬼脸的调皮可爱,也许就没有约翰写作的灵感;如果没有十三岁那年和马在一起的日子,也许就没有那段美好的回忆。动物其实和人一样,有着丰富的情感。你给予它温暖,它也会给予你快乐。让我们一起走进动物的世界,聆听它们的心声,做它们最好的朋友吧,相信你一定会收获更多的快乐和幸福!

## 启 事

　　在本书的编选过程中,我们得到了许多师友的热情帮助和支持。但由于本书所选入的作者和译者人数较多,故仍有部分文章版权所有人没能联系上。出书在即,敬请海涵!更盼望您能主动和我们联系,以便奉上样书和稿酬。联系电话:0531-86131704。